奈落

稲生 福根

INAO FUKUNE

奈落

目次

一越亭

1

まだ残暑の厳しい九月の週末。

小さな商店街にある小料理屋に親子三人連れの客が入ってきた。店先に立つ錆の浮いた看板には〝伊東名物　海鮮料理〟、古ぼけた引き戸の磨りガラスに〝一越〟とあった。

「ええと……。い、いらっしゃい」

ためらいがちに家族客を迎え入れたのは初老の男だ。一〇ほどあるカウンター席の中ほどに陣取り、ごま塩頭にメガネを載せ、右手にコップ酒。丸い顔の表情は優しげだが、その腕は驚くほど太く、引き締まっている。どうやら店内にいるのはこの男だけらしい。

「あの、お店の方ですか。一越亭はここですよね」

おずおずと聞いた父親はまだ三十代前半といった風情だ。

若い母親と男の子が傍らで店内を見回している。――といっても、カウンター席を除けば六人掛けのテーブル席が三つあるだけだった。

「わしは吉田屋の留吉。近所の酒屋のおやじですがね、一越亭はここですよ。まあ、好きなところに座ってくださいな」

男は腰を上げ、ごま塩頭を厨房の奥に向けて突っ込んだ。「おい、勇造！　――じゃなかった、大将！　お客さんだぞ」

「――はいよ。すぐに行きますから」

奥から低いがよく通る男の声がすると、留吉はテーブル席の家族を振り返った。

「すまんな。大将、すぐ来るから。……家族で伊東に観光旅行かい、うらやましいね」

「いや、今年は夏休みも仕事仕事でしたからね。罪滅ぼしですよ。来年は沖縄の海洋博にでも連れてってやれればいいんですが、なかなか」

父親はまだ幼さの残る男の子の頭をなでた。小学校三年生くらいだろう。

「世の中不景気だし、こう物価が高くちゃねえ。どちらから来なすった」

「千葉からです。意外に近いんですね。来年からマイカーで伊豆を回ろうかと思います」

「伊豆はどこもいい観光地なんだが、もう少し道路が便利ならいいのにな。こちらのほうに来たのは初めてかい」

男の子が首を振った。「二回目。去年は反対側に行ったの」

「反対側っていうと西伊豆のほうかな」

「戸田《へだ》っていうとこ。すごいカニがいて、タカアシガニっていうんだよ」

「ははあ、坊や、海の生き物が好きなんだな」

少年はにっこりとうなずいた。

「賢い子だ。ここは伊豆の東と書いて伊東っていうんだよ。それにしても、初めてで一越亭を見つけたとは偉いもんだ。何しろ安いし、料理がうまいからなあ」

「ゴミゴミした観光地より自然が好きなんです。旅行案内の本を読むうち、伊豆を見て回ろうと決めましてね。この店のことも書いてあるんですよ」

「へえ、近頃じゃそんな詳しい本があるのか」

父親が小さな真新しい本を差し出した。『魅惑の東伊豆・伊東の旅』というタイトルだ。

「どれどれ」と留吉はメガネを下ろし、しおりのあるページを開いた。

「……や、本当だ。一越亭が載ってるぞ。なんだって……〝伊東港に水揚げされた新鮮な魚介類だけを使い、質の高い海鮮料理を安く出す店〟か。よく知ってるな。〝伊東に行ったらぜひ寄りたい店〟だってさ。そりゃそうだ。小さくて古い店だが、味は天下一品よ、なあ」

最後は奥のほうから姿を見せた男に向けられていた。年の頃は四十代半ば、こざっぱりとした白い調理服を身につけている。太い眉毛の下で光る目は表情豊かだ。背は高くないが、しっかりした顎の線がきりりとした印象を与えている。

「おやじさん、小さくて古いってところは勘弁ですよ」

店主、一越勇造はじっとりと汗ばむ家族客の様子をさっと見て、「いらっしゃいませ」と微笑みかけた。

「遠方のお客様から電話が入っておりまして、お待たせいたしました。ご注文はお決まりですか」

家族三人は時間をかけて一越亭自慢の海鮮料理を堪能し、元気いっぱいに店をあとにした。とくに母親は勇造の腕前に感心したらしく、店に泊まれないかと尋ねたほどだった。

「これから大室山に登って、明日は城ヶ崎だそうだ。うまいものを食べられたし、温泉もあるし、伊東ほどいい観光地はないってさ。あんな観光客がもっと増えるといいんだがね」

後片付けに忙しい勇造が生返事をすると、酒屋のおやじが手伝い始めた。

「大将、さっきの長電話だが、どこからだった。団体さんかい？」

食器を厨房に運び入れた勇造は首を振った。

「名古屋の旅行会社からですよ。観光ツアーの途中で客たちに昼食を出してくれって。でも、断りました」

「断った？　なんでだ」

「格安の団体プランだそうでしてね、ツアーごとに観光バスが四台も五台も出るんです。とても一〇〇人以上の客なんて収容できませんからね」

留吉は「うーん」と唸って店内を見回した。

「なあ、毎度同じことを言うのは気が引けるが、いいかげん店を建て替えたらどうなんだ」

食器を洗っていた勇造が手を止めて顔を上げると、男は「いや、わかってる」と左手で制した。

「店には金をかけず、うまくて安い料理を出す。先代の遺言を守ってるんだろ。ま、義理堅い大将のことだ、わかってるよ。だがな、この店も代がわりしてずいぶん経つ。店の建て替えくらいはいいんじゃないか」

　水道の蛇口をきゅっとひねり、勇造はひとつため息をついた。

「実は自分もそろそろ潮時かとは思っているんです」

「なんだ、やっとその気になったのか」

「最近は団体客が増えてきましてね。ちょっと前まで温泉帰りの家族客が多かったんですが、これも時代の変化なんでしょう。手狭な店じゃツアー客どころか商店街の宴会だって無理です。それに最近の設備は衛生管理も行き届いてますしね」

「そうだよなあ。地元で宴会をやるとなると、いつも一度はここの名が出る。みんな、できないとわかってても、つい名を出しちまう。安いし、美味いからな。この際、福膳のような大きい店にしたらどうだ。町内のみんなだってそう思ってるんだぞ」

　福膳とは勇造の幼馴染が経営する老舗旅館だ。勇造は手ぬぐいを畳みながら苦笑した。

「そりゃ、福膳のような土地があれば理想ですが、あんなに大きくするつもりはありませんよ。先代の遺言に背くことになりますしね。ただ、これを機に精一の考えを聞きたいと思ってるんです」

「精一か」と、留吉は鼻を鳴らした。

「あんたの長男の悪口を言うつもりはないが、何とかいう日本食チェーンの店員をやってるんだろ」

「和食専科ってところですが、チェーンじゃまともなほうなんです。まあ料理に幅を出しづらくなりますが、精一の修行も五年目になっているはずですよ」

「そうそう、大切なのはその幅ってやつよ。その点あんたの料理ときたら……。まあ、そいつはいいや。実は一度聞こうと思ってたんだが、どうしてチェーン店への就職を許したんだ。ほかにアテがなかったのか」

「そりゃ反対はしましたよ」と勇造は返した。「でも、精一が〝店はでかいし味もいい。親に頼らず自分で見つけてきた就職先だ。それのどこが悪い〟と胸を張るんです。まあ、奴の人生ですからね、仕方ありませんや」

「大将としちゃ、一越亭に帰ってほしいわけだろ?」

「そりゃまあ一人息子ですからね」

「無理もねえ。大将も父親ってことさね。〝自分で見つけてきた就職先〟か。まあ、その心意気は大したもんだ。それなら心配ないだろ。これでわしらも一越亭で宴会ができるというもんだわい」

「――はあ」

「宴会をしたいから言ってるんじゃないぞ」男はまじめな顔つきになった。「あんたの新しい店なら旅行案内の本にも載るだろう。観光客を集められる店が一つでもありゃ、土地の者は潤う。宿泊客ならなおのことよ。そんな客がたくさん来れば伊東全体が潤うことになる。一越亭ならそれができるかもしれん。あんたはそこまで考えなきゃならん立場になったんだ」

「伊東全体ですか……」

「ああ、そうよ。ここまで世間に店の名が知られるようになった。あとは大将の運次第だろう。お天道様に恥ずかしくない道を堂々と歩めば大きく運が向いてくる。大成功間違いなしだ。だが、道を踏み外せばあっというまにツキは落ちる。あんたはそういう分岐点に差しかかっとるんだ」

「そんなに脅かさないでください。いたって小心者なんですから」

「そんなつもりはない。いいか、温泉なら熱海や修善寺にもあるが、一越亭は伊東にしかない。いずれ温泉だけじゃ、観光客を呼べなくなるだろうよ。なあ大将、真剣に考えておいてくれ。わしも今から楽しみだ」男はにやりと笑い、席を立った。「いずれ店が大きくなりゃ酒もたんとい るだろ。そのときはわしの店から仕入れてくれよな」

「気が早いなあ。わかってますって」


ところが、先に運に見放されたのは留吉のほうだった。

その年の冬、町内の忘年会でしたたかに酔っ払った留吉は階段から落ち、床に頭をぶつけてぽっくりと逝ってしまったのである。宴会場はフラワー通りの繁華街に建てられたばかりの大きな旅館。一越亭は相変わらずこぢんまりとした古い店のままだった。

留吉の急死を知らされた勇造は妻の詩織とともに告別式に出席した。留吉を父のように慕っていた詩織はハンカチで涙をぬぐい、無言で合掌する。勇造も目を閉じ、静かに手を合わせると、店の建て替えのことを繰り返していた留吉のことが思い出された。

〝伊東全体のことを考えなきゃならん立場だぞ〟

——ご遺言、忘れやしません。

勇造は歯を食いしばり、込み上げるものに耐えた。

2

告別式の翌日。深夜、勇造はかすかなサイレンの音で目を覚ました。

「——消防車か」

勇造が半身を起こすと、隣の布団で寝ていた妻がもぞもぞと寝返りを打った。もともと詩織は眠りが浅く、ネコのケンカ程度で目覚めてしまう。

ほのかな月の光に照らされた白い顔が勇造を見上げた。

「どうしたの」

「起こしちまったか。どこかが火事らしいんだ」

勇造が東南向きの窓から夜空を覗く。詩織も身を起こし、肩まで毛布を引き寄せた。

夫婦の寝室は店の二階だ。窓から見える夜空の一部が淡く照らされている。

「サイレンの音、ずいぶん、遠くみたい」

万事に控えめな詩織はいつもポツリポツリと話す。そうして白い顔を夫に向けた。

「ん、なんだ」

「いいえ、でも〝俺は雷が落ちても起きない〟って。私も、ぐっすり寝てたのに」

「ちょっと悪い夢を見てな」

「珍しいのね。どんな、夢?」

「火の夢だよ。その、つまり……」

　勇造は話の途中で立ち上がり、「おい、電気をつけるぞ」と断ってから蛍光灯の紐を引いた。枕元に畳まれた服を手早く身につけ、ハンガーのジャンパーに手を伸ばす。

　驚いた詩織が夫の手をとった。

「深夜の十二時過ぎよ。どこに行くの?」

「ありゃあ隣町の繁華街だろ。知り合いもいるし、ちょっと見てくるよ」

「見てくるって、でも、三キロ以上離れてるわ」

「それくらい、どうってことはないよ」

「でも――」

「大丈夫、目が冴えちまっただけだ。俺はやじ馬じゃないし、火の近くまでは行かない。商売道具の両手にはちゃんと手袋をしていく。それに明日は定休日じゃないか」

　しぶしぶながらうなずいた詩織だったが、勇造の手を離そうとはしない。「ねえ、気をつけて、怪我だけは」と力を込めた。

「わかってる。朝までには帰るよ。――そうだ、遅くなるようなら福膳旅館に行く。すぐに連絡できるからな。だから安心して寝てなさい。わかったね」

　詩織は福膳の名を聞いて少し安心したらしい。繁華街にある老舗旅館の主は勇造の幼馴染だったし、その妻の菊野と詩織もふだんから仲がよかった。

師走の深夜はひどく冷え込んでいた。満月に近い月の光が一越亭を白く照らしている。いったんは軽自動車のキーを出した勇造だったが、少し迷ったあげくに出前用の自転車にまたがった。白い息を吐きながら夜空を見上げ、青黒い天空を照らすかすかな光の方向を目指した。

曲がり角を一つ二つ過ぎると、先刻見た悪夢がよみがえった。激しい炎とともに崩れ落ちる一越亭の姿だ。燃えているのは驚くほどの大店だったが、なぜか一越亭だとわかっていた。

「縁起でもねえ」

そう吐き捨てるとペダルを漕ぐ足に力を込めた。すぐに顎が上がり、口から白い息が間断なく出てくる。じっとりと汗をかきながら暗い路地を走り抜け、いくつもの曲がり角を過ぎた。やがて緩やかな長い坂をのぼりきり、街灯の立つ広い通りに出た。とたん、けたたましいサイレンとともに二台のパトカーに追い抜かれた。はあっと息を吐き出した直後、今度は猛スピードの救急車がすれ違っていった。

夜空を見上げると灰色の煙が巨大な生き物のようにうねっている。ほどなく道のあちらこちらに人影が見え始めた。行く者、戻ってくる者、それぞれが街灯の下で声をかけ合っている。

「すいません、火事があったのはどこですか」

思わず自転車を止め、五人ほどで話している男たちに尋ねた。

「あっちの、なんとかっていう老舗旅館だよ。ひどい火事だ」

寒そうに背を丸めた中年の男がそう言うと、茶色いオーバーの青年が「福膳という大きなところです。けっこう客もいたでしょうに、ほぼ全焼だそうです」と言った。

「ええっ、福膳旅館？」

「あんた、そこの知り合いかね」

真っ青になった勇造がうなずくと、五人はてんでに話し出した。

勇造は礼もそこそこに自転車を飛ばした。男たちによると、出火したのはふだん火の気のない建物の奥のほうからだったという。今のところ怪我人などは出ていないようだが、建物は全焼。冬場の乾燥があだとなり、火の勢いがなかなか収まらない。しかも近所の店舗にまで延焼が始まっているらしい。

「膳一、菊野さん！」

曲がり角を過ぎて繁華街に入ると、赤い炎と白い煙が視界に飛び込んできた。見慣れた繁華街とは何もかもが違う。勇造が好きだった古風な佇まいなど、どこにもない。

二〇〇メートルほど向こう、見慣れた三階建ての福膳旅館が煙で見えない。その手前の狭い道路には炎に魅入られたようにやじ馬が集まり、近くに何台かのパトカーがとめられている。

アーケードの入り口で自転車を降り、勇造は福膳旅館に向かって駆けだした。やじ馬たちの間に割って入り、人をかき分けるように前に出た。そのとたん、「下がりなさい！」と叫ぶ警官に肩を押された。

よろめいた勇造は、かっと目を見開いた。

「なんてこった。福膳が――」

炎が建物を喰らい、巨大な怪物のような煙を吐き出している。ときおり気味の悪い風が吹き、ちぎった炎をところ構わずまき散らした。

延焼した隣の店は八百屋らしい。焼かれた看板がめくれ上がり、窓という窓から火の粉と煙が吹き出している。数台の消防車が窮屈そうに赤い車体を寄せ合っているが、思うように放水できていない。道幅が足りないうえ、建物がぎっしりと密集しすぎていた。

あまりの惨状に勇造は言葉も出ない。なかば棒立ちのまま、興奮したやじ馬たちにこづかれ、押し出され、そのたび警官に怒鳴りつけられた。そんな時間がしばらく続いたが、やがて、さしもの猛火も弱まり始めた。もはや燃えるものもなくなってきたのだろう。立ち上る煙の間から炭と化した数本の柱が見えてきた。それらは黒く硬直して折れ曲がり、まるで巨大なカブト虫の死骸のようだ。記憶にある旅館の姿はもうどこにもない。半ば焼けてしまった隣の八百屋は水浸しだった。

勇造はふうっと溜めていた息を吐き出した。

もう炎が盛り返す気配はない。やじ馬たちの数は徐々に減り、警官たちも彼らに背を向け、黙って水浸しになった現場を見ている。ふと後ろを振り返った勇造の顔が一瞬、輝いた。

白いワゴン車のドアが開かれ、白いセーターを着た男が頭を抱えて座っていた。精悍な風貌の勇造とは対照的に、体全体の線が優しげで細い。顔は見えないが、福膳旅館の主、福山膳一に違いなかった。シートの奥でグレーのコートを羽織っている女性がその妻の菊野。ふくよかな美人若女将として地元では有名な老舗旅館の〝顔〟だった。

「よかった、無事だったんだな！」

勇造は道端のワゴン車に駆け寄り、車内をのぞき込んだ。

「俺だ。膳一も菊野さんも無事でよかった」

「一越さん！　まあ、どうして……」

菊野は目を丸くして驚いたが、膳一は顔をこわばらせ、あらぬほうを凝視していた。

「お、俺はとうとう神さまに見放されちまったのか」

そうつぶやくと頭を抱えこんでしまった。

「膳一、おまえ……」

勇造の脳裏に、朝晩欠かさず神棚に向かって拝んでいた膳一の姿がよぎった。思わず菊野の顔を見ると、若女将は表情を硬くした。

勇造は幼馴染の肩にそっと手を掛けた。

「しっかりしてくれ。大変な目に遭ったが、おまえと菊野さんさえ無事なら福膳を再建できる。そうだろ」

すると膳一がのろのろと顔を上げた。整った顔立ちだが、うつろな目は空洞のようだ。それでも勇造を見ると、わずかに表情が緩んだ。

「おめえか」

「俺だよ。ガキの頃からおまえの友だちだったユウ坊さ。無事でいてくれてよかった。お客も旅館のみんなも無事だったんだろ？」

「ああ」と、膳一は力なく答えた。「客は無事だ。新伊東館に移ってもらった」

菊野はもの言いたげな顔をしたが、勇造は表情一つ変えず、「さすがに老舗旅館の主だ。よくやった」と褒めた。新伊東館はごく最近建った大きな旅館で、つまりは福膳旅館にとってはいちばんの商売敵だ。

「来る途中で救急車を見たんだが、病院に運ばれた者がいたのか？」

肩を落としたままの膳一が、どこか上の空でうなずく。

「マサエのやつが煙を吸い込んだ。大したことはないよ」

とたんに若女将の目が光った。

——マサエのやつ？

「ああ、仲居の……」

小山正恵。たしか二、三年前から福膳旅館で働いていた。三十代の半ばくらい、うなじの綺麗な色白の女だ。たしか亭主と別れてひとり暮らしだった。

勇造が傍らに視線を投げると、頰をこわばらせた若女将がそっぽを向いている。膳一はまたうつむき、両手を揉みしだきながら首を振りはじめた。

「なぜ、なぜなんだ。どうして俺の店が火事になった。どうして火の気のない店の奥から出火したんだ。なぜだ」

勇造はワゴン車に差しっぱなしのキーをちらりと見た。

「今日は二人とも疲れているだろう。お客の始末はついているようだから、俺のところで休んでくれよ。明日、ゆっくり話をしよう」

　しかし、膳一はうわごとのように同じことをつぶやくばかりだ。菊野もさすがに消耗しきっているらしく、そんな夫に言葉をかけようともしない。すると、突然、顔を上げた膳一が血走った目で勇造を見た。

「こいつは放火だ！　そうだ、放火にちがいない！」

「おいおい、めったなことを言うもんじゃない」

　勇造がなだめるようにそう言ったとき、二人の警官が足早に近づいてきた。

「福山膳一と菊野だね。現場検証にはまだ時間がかかるが、その間に事情を聞くから署まで来なさい」

　膳一の態度に一抹の不安を感じる勇造だったが、数日後、膳一から「火災の後始末に走り回っている」との元気そうな電話が入り、ひとまず胸を撫で下ろした。

3

　福山夫妻は旅館の火災で被害を受けたところを回った。延焼のなかった家でも、あの夜、避難を余儀なくされたところも多かった。そんな一軒一軒を訪れ、ていねいに謝っていった。ていねいに接してくれるところも多かったが、福山の顔を見るやいきなり大声で怒鳴りつけてくる者もいた。いずれにせよ、膳一と菊野はただ謝るばかりだった。

しかし、いちばん被害の大きかったはずの近隣の家や店舗のほとんどが同情的だった。特に全焼してしまった隣の八百屋は気を遣ってくれた。

「福膳旅館の不始末のため、大きなご迷惑をおかけしました」

火災保険がおりたので、それを見舞い金として渡そうとした。ところが、相手の店主が受け取ろうとしない。

「いや、こちらでも保険がおりたので大丈夫、それはいいですよ。むしろ、福山さんのほうが何かと物入りでしょう」

「ありがとうございます。でも、そういうわけには参りません」

膳一と菊野は深々と頭を下げ、なかば無理やり押しつけるように見舞金を置いて戻った。これまで、福膳旅館はそれだけ近隣の家々と仲よくし、助け合ってきたのである。ただ、膳一は旅館を再建するか廃業するかで迷っていた。

それから一カ月ほどが過ぎたある日、旅館で仲居として働いていた女が死んだ。火災の当日、膳一が勇造にふと名前を漏らした女、小山正恵だ。

死因は溺死で、事故死と判断された。目撃者の証言によると、崖際の白い花を摘もうとして、足を滑らせて海に落ちたらしい。その当日、仲のよい女どうし五人で海を見に行き、正恵の事故があったとき強い地震があったという。正恵が落ちたのはライオンのような形をした大岩の近くだった。

正恵と一緒にいた者たちは揃って「彼女に変わった様子はなかった」と話したが、実はその三日前、福山菊野が正恵の家を訪れていた。

目的は夫の膳一との関係をはっきりさせるためだった。もちろん証拠はない。でも、直感で正恵と膳一がただならぬ仲だと疑っていた。火事のあった日の夜にも、一時、膳一の姿が見えなくなったような気がする。

――そのとき、夫はどこにいたのか？　もしかして、正恵といたのではないか？

「そういえば、火事のときも妙だったわね。みんな余裕を持って避難させたはずなのに、どうしてあの女だけ煙に巻かれたのかしら。しかも病院に運ばれるほどひどく煙を吸い込むなんて変よ。何か裏があったんじゃないでしょうね」

もともと疑ぐり深いたちの菊野だったから、何もかもが怪しく思えてくる。考えれば考えるほど疑心暗鬼となり、とうとう正恵の家に行って問いつめようと決めた。

互いに顔を合わせるのは火災の日以来である。チャイムの音で玄関の戸を開けた正恵はひどく驚いたようだった。

「まあ、女将さん。あの、今日は――」

「いえね、近所まで来たついでなのよ。火事のとき、煙を吸って大変だったでしょう？　その後の様子も気になっていたのよ。それに、少し聞きたいこともあったしね」

菊野を居間に通し、お茶を淹れると正恵も座った。

「わざわざお見舞いにいらしてくださり、ありがとうございます。あの日から二日ほど入院しておりましたが、今はもう大丈夫です。主治医からも通院の必要はないと言われております。ご心配をおかけして、申し訳ありませんでした」

正恵が頭を下げると、菊野は「そうなの、よかったわねえ」と微笑んだ。

「あの、それで私にお聞きになりたいこととは何でしょうか」

菊野は口を開きかけてためらった。こうして面と向かってみると、あまりにもあからさまな質問をしづらくなった。

「それがね、ちょっと気になってたんだけど、どうして煙に巻かれるようなことになったのかなってね」

正恵は「すみませんでした」と小声で言うと、うつむいてしまった。

「いえね、咎めているわけじゃないのよ。気になっているだけなの。あのとき、私たちは怪我人を出さないよう、みんなにすぐ避難してもらうようにしたでしょう？　それなのにあなただけは入院することになってしまった。もしかしたら、何か特別な理由があって逃げおくれてしまったのかしらってね」

菊野は〝気になるだけ〟と繰り返してはいたが、その表情は硬くこわばっている。

それをちらりと見上げた正恵はまたうつむいた。

「特別な理由と言われましても……。あのとき、たまたま一人で火が出たところの近くにおりました。それだけですわ」

「どうしてそこにいたのかしら」

「理由などございません。偶然でしたから」

「理由がないのにそこにいたと?」

「ありません。偶然、火元の近くにいただけなんです」

正恵はひとつの答えを繰り返した。

同じことを何度も聞かされるうち、菊野はむしろ人には言えない隠れた理由がありそうだと確信めいたものを感じ始めた。しかし、菊野はここから急に慎重になり、それ以上、正恵を追及できなくなった。彼女の鋭い直感が、その〝隠れた理由〟は火災の原因にかかわってくるのではないかと警告したのである。

すでに旅館の火災の原因は漏電による発火ということで決着していた。実はこの数年前に漏電遮断器の設置が法律で義務づけられており、福膳旅館でも漏電火災への防止策がとられていた。

しかし、今回の火災の場合、業者が福膳旅館に設置した機器が動作不良を起こしたらしいという検証結果が公表された。つまり、福膳旅館の関係者たちに直接的な落ち度はないという結論である。

しかし、へたに正恵をつついたあげく、新たな問題が見つかると、困ったことになりかねない。

結局、菊野はそのまま帰ったが、疑いは大きくなる一方だった。近いうち、もう一度正恵の家に行こうと考えていたところ、そのわずか三日後に正恵は崖から落ちて事故死してしまったのである。

菊野の疑いを知らない膳一は、正恵の事故死を知ると線香をあげようと彼女の家に行った。玄関を開けたのは正恵の長男・英雄だった。数年前に正恵は夫と離婚しており、中学三年生になる長男・英雄を実家に預けていると言っていた。気の毒に、母親の形見の整理でもしていたのだろう。

膳一が自分の名を告げ、「お線香をあげに来た」と言うと、仏間に案内してくれた。英雄はいったん部屋から出ていったが、膳一が仏壇の前に座って手を合わせていると、またやってきて封書を差し出した。

「これは？」

「引き出しの中で見つかりました。福山さんあての手紙だと思います」

たしかに、白い封筒には〝福山膳一様〟と女性の文字で書かれている。

「中を見たのかい？」

英雄は首を振った。

旅館の火災のあと、福山夫妻は近くのアパートを借りており、正恵の家から戻った膳一は「今帰った」と部屋の奥に声をかけた。しかし、菊野はどこかに出かけているらしい。

膳一は窓際に腰をおろし、封を切った。飾り気のない便箋に、線の細い女性の字で短い文章が綴られている。

〈私は旦那さまに恋い焦がれておりました。若女将が外出したあの夜、旦那さまはお酒に酔って私を抱いてくれました。嬉しかった……〉

「こ、これは――」

予想外の内容に驚き、膳一は反射的に背後を見た。

菊野の気配はない。膳一は気を取り直して続きを読み始めた。

〈……それ以来、あの夜のことを忘れたことはございません。わが身をもてあましてお酒に逃げ、お恥ずかしい毎日を送っておりました。そして火事の夜、旦那さまともう一度だけお会いしたいと奥の部屋でお酒を飲んでいました。お待ちするうちに少し酔ってしまい、目を覚まそうとタバコに火をつけたことまでは憶えています。でも、気づいたときには煙に巻かれそうになっていました。私はなんという〉

手紙はそこで突然終わっていた。

「ま、まさかタバコの火の不始末が火事の原因だと言うのか」

膳一は「いや」と首を振った。現場検証の結果は漏電による火災を支持している。

「おまえ、俺あての遺書を書いてたのかよ」膳一は真っ青になって頭を抱えた。「ってことは、事故死じゃなかったっていうのか――」

あの火災以来、正恵は自分の不注意で旅館を全焼させたと悩み、苦しんでいたのだろう。そのあげく、わざと崖っぷちに花を摘みに行くと言い、死んでしまった。

「なぜ消防や警察の話を信じなかった。漏電火災だって、公式に発表されたじゃないか。それで決着してるんだ、楽になれたはずだろう。それとも、正恵が死んだ理由はそれだけではなかったのか?」

膳一はアパートの隅でうなだれ、肩を落としていた。

一度だけ犯したあやまちが正恵を苦しめていたに違いない。〝悪いのは俺なんだ〟とつぶやくと、正恵の手紙をぐしゃりと握りつぶした。

「こんな手紙はないほうがいい。少なくとも今のままなら〝正恵は事故で亡くなった。かわいそうに〟と皆から同情してもらえるんだ」

このとき、膳一は決心した。

火災のことも、その原因についても、もうこれですべて決着にしよう。よけいなことは考えず、表にも出さないようにすることだ。正恵の手紙もなかったことにして、忘れよう。しかし、苦しんで死んでいった正恵のためにも、福膳旅館の再建はするべきではない。

それからほどなくして、膳一は福膳旅館の跡地を売りに出すことを決めた。

一方、ちょうどそのころ、女将の菊野は近所をまわり、「二度と火事は出さないようにしますから」と、旅館再建の下準備を始めていた。迷惑をかけたほとんどの家や店舗への補償もほぼ終わっており、近隣に店を構える人たちからも、「やっぱり福膳さんがあったから、私たちも商売ができた。もう一度、旅館を建てて、仲よくやりましょう」と言ってもらえるようになっていた。

膳一もそのことを知ってはいたが、「正恵が死んだのは俺のせいだ」と自分を責め、こんな状態ではもう旅館の再建など不可能だとわかっていた。膳一はご先祖の位牌を拝み、泣きながら謝った。

「すみません。福膳はご先祖さまたちが代々守ってきた老舗ですが、良心に反することはできません。どうか許してください」

膳一は優しげな外見とは裏腹に一本筋の通った男だったが、同時にたいへん信心深く、一度こうと決めて神仏に誓ったら絶対に曲げない性格だ。菊野がいくらなだめ、説得しても、頑として福膳の再建をしようとはしなかった。

「あの土地は売り払うことに決めた。当面は間借り生活だ」

そう宣言すると不動産屋に行き、土地の売却を頼んだ。福膳の跡地はすでに更地になっている。この界隈では最も広い一等地だった。

精一と百合

1

二月中旬、金曜日の夜、十一時。

数年前に駅ビルのできた国鉄・沼津駅からバスで一五分ほどの場所に『沼津荘』がある。築五年のこぢんまりとしたアパートだ。深夜も近い静まりかえったなかで木の門が開けられ、続いて階段を上るカンカンカンという音が響いた。靴音は二〇三号室の前で止まった。

「ただいま！　百合、帰ったぞ」

出張から遅く帰宅した夫は一越精一、まだ二十二歳。旅行バッグを床に置き、もどかしげに革靴を脱ぐ。どこか頼りなさはあるものの、背は高く、体格も悪くない。甘いマスクといっていい顔立ちだが、顎の線だけはきびしくきりっとしている。

精一が厚手のコートを脱ぐ前に和室の引き戸が開き、少女のような妻が飛びついてきた。

「精ちゃん、おかえり！」

大きく黒い瞳にバラ色の頬。笑うとえくぼが出る。長い黒髪はゆったりと波打ち、ふうわりと太陽の香りがした。つまるところ、道ですれ違う男たちのほとんどが足を止めて振り返るほどの美人だ。精一が夢中になるのも無理はない。

「ずいぶん遅かったじゃない。もう十一時よ。外は寒かったでしょう」

夫婦といっても入籍はまだで、戸籍上、百合は日高姓のままだ。彼女はまだ十八歳、中退していなければ高校に通っている年頃だ。法的に結婚は可能でも、入籍のためには親の許可がいる。しかし、久能でイチゴ農家を営む百合の両親はこの結婚に同意していない。小規模農家とはいえ、独立独歩で生きている彼らは、〝チェーン店の店員〟という精一の現在に不満なのである。今、二人はそれを押し切るようにして同棲しているのだった。

「悪い！　なにしろ東京駅なんて初めてだろ。右往左往したあげく、みやげもの売り場で迷うわ、乗り場を間違えるわで新幹線に乗り遅れちまった」

「あー、おみやげってあれのこと？」

玄関近くに置いた紙袋が倒れ、ていねいに包装された箱が三つ飛び出している。

「ああっと、汚れちまうぞ」

精一は箱を紙袋に入れ直し、いちばん小さな箱を百合に差し出した。

「みやげだ。ちっちゃくてゴメンな」

百合は包装紙にあるヒヨコの絵を見て喜んだ。

「ありがとう。大好きなお菓子なの。専科のみんなもきっと喜ぶわね」

『和食専科』は東日本で大規模チェーンを展開する和食レストランだ。チェーン店とはいえ、手の込んだ本格的な日本料理を出すことで評判をとり、店舗数を急速に増やしていた。

何につけ〝でっかいこと〟の好きな精一は高校を出てすぐに沼津店に入り、料理の修業を始めたのである。

翌日、精一は朝から仕事に追われた。

客足の落ちる二月とはいえ、週末のレストランは目が回るほど忙しい。その上、この日は店がハネたあとに新メニューの試食会をすることになっていた。週末の営業時間が夜の十一時半までとあって、帰宅したのは深夜十二時を回っていた。

体力には自信のある精一もさすがにくたくただ。出迎えた百合が、「大丈夫？」と心配したほどだったが、精一は「平気平気」と言いながら小さな保温ボックスを差し出した。

「これ新メニュー。さっき、俺がつくったんだぜ。メシのあとで味見をしてみろよ」

小さなコタツで遅い食事を終え、精一は百合の膝に頭をのせて横になった。

「いやあ、極楽極楽」

「ひどいよね、三日間も出張した翌日の土曜にフル出勤なんて」

「平気だって。明日は休みもらったしな」精一は不満そうな百合の顔を見上げて笑った。「それに今度の出張は店長じきじきの指名だぞ」

「ふうん。東京の本社まで行って新しいメニューを習ったんだよね」

「これが鰺づくしでさ、なかなか豪華な定食なわけよ。主役は干物か鰺フライ、どちらを選んでも刺身となめろうがつく」

「聞いただけでおいしそう。どっちかというと刺身やなめろうのほうに興味あるな」

「だろ？　主役のほかにそれがあるってのがキモなんだ。ほんとの主役はあとのほうなのさ」

「つくるほうは大変だね」

「みんな一生懸命練習してるよ。チェーン店だと味がバラバラじゃだめだからね」

「そうか。店が多いと大変だね」

「だから、あちこちの店から腕のいい料理人が集まって味のすりあわせをしたわけよ」

「精ちゃん。それほど店長さんに認められているなら、そろそろ自分のお店を持てそう？」

とたんに「うーん」と唸った精一を見て、百合は「そうなんだ」と言いながら立ってキッチンに向かい、二合どっくりと一皿の料理をもってきた。

「気が利くなあ。百合もつきあえよ」

百合がわざとらしく「未成年なのに？」と、精一の顔をのぞき込むと、精一は笑いながら両手におちょこを持った。

「だったら、なんで二つ持ってきたんですかね。まあ、堅いこと言うなって」

百合はほんの少ししか飲まないが、すぐにぽっと赤くなる。精一はそんな百合の顔をいつまで見ていても飽きない。

精一が皿のラップをとった。

「鯵の刺身となめろうだよ。好きなのはどっちかな」

神妙な顔で箸をつけた百合は皿の左端にある料理を指さした。

「どっちも美味しかったけど、こっちかな」

精一が真顔になった。

「そうか、なめろうか」

新鮮な鯵の身に甘めの特製味噌と薬味を合わせ、たたいた料理だ。

「これじゃダメなの？」

「そんなことはないけど、やっぱり基本は刺身かなってな」

「そう？　お刺身って味付けも何もないし、差が出ないいんじゃない？」

「まあねえ……」

急に表情を緩めた精一は百合を正面から見た。

「なあ、さっき〝そうなんだ〟って言ってたけどさ、答える前にわかったのか？」

「うん、わかるよ。チェーン店の店長にはなれるけど、自分の店を出そうと思うほど満足できてない」

「すげえ」精一は目を丸くした。

「だからお休みの日になると、和食を食べ歩くようになったの？」

「そうだ。俺は独立店だとかチェーン店だとかで区別しねえし、老舗や有名店の暖簾分けなんかにも興味はない。ただ、思ったとおりの料理を出したい。それも実家みたいな田舎の小さな店なんかじゃなく、たくさんのお客が来てくれる大きな店でよ。ただなあ、そういう店を成功させるには、まだ大事な何かが足りねえと思うんだ」

「精ちゃん、お店を移りたいと思ってるんじゃない？」

「んー、いや」精一はあいまいに首を振った。

「今は百合との生活がいちばんだから……。また親御さんから電話でもあったのか」

「うん。まあ、いつものことだよ。一度戻ってこいって……。返事しないでチーンって切っちゃった。電話のたびに呼びに来る管理人さんだって迷惑だよね」

百合は明るく笑い、時計を指さした。文字盤にクジラの絵がある小さな目覚し時計だ。

「もう二時半をまわったよ。そろそろ寝よう」

「そうだな。じゃ、布団を敷いとくよ」

百合が洗い物を終えて戻ると、すでに精一は布団にくるまってぐっすりと寝入っていた。

「あーあ、よっぽど疲れてたんだわ」

パジャマに着替えた百合は、ふと、部屋の隅のカラーボックスに歩み寄り、置いてあった本を手にとった。背表紙に分類番号のラベルがあるところをみると、図書館で借りたもののようだ。表紙に『魅惑の東伊豆・伊東の旅』というタイトルが大きく印刷されている。

真っ赤な栞をはさんでおいたページを開き、精一の寝顔をそっと窺った。

「〝田舎の小さな店なんか〟だって——」

2

「精ちゃん、精ちゃんたら。こら、もう朝だぞ」

精一が目を醒ますと、もう服に着替えた百合の姿があった。

「今、何時だ？」

百合はあくびまじりの精一の額に掌をあてた。

「熱はないね。——もう十時すぎだよ」

精一の目がぱちんと開いた。

「まいったな」とつぶやきながら起き上がる精一に、百合が一通の封筒を手渡した。

「ついさっき届いたよ。今、カーテンを開けてストーブをつけるね」

封筒の上端に細長い赤スタンプが押されている。裏に差出人の名があった。

「親父から速達？」

「一年くらい前に一度、会わせてくれたよね。駅前の喫茶店だったっけ」

「偶然出くわしただけだよ」精一はパジャマのまま封を切った。

「……へえ、どういう風の吹きまわしだ」

「もう読んだの？　なあに？」

「あんなに金をかけないって言ってたのにな」精一はぼりぼりと頭をかいた。

「店を建て替えるんだってよ」

「店って、精ちゃんの実家?」

「ああ、伊東の一越亭。ちっちゃくて古くてさ、〝ザ・田舎の食堂〟って感じだよ」

「じゃ、大きくするのね」

「──ってことかなあ」精一は首をかしげた。「せいぜい模様替え程度だと思うよ。親父は律儀っつうか、とにかく遺言ってやつに弱くてさ、じいさんの〝店に金をかけるな〟って遺言を意地になって守ってんだよ。メニューも安いのばっかで、ろくに儲かってないんじゃないかな。俺、料理人にはなりたかったけど、ああいうのはどうもな。で、めんどうな話になる前に就職しちゃったわけよ」

「ふうん。でも、新しくなるだけでもいいじゃない」

「まあね。でも、どんな店にするつもりか、こっちも知らないとな。とにかく来いっていうからさ、急で悪いけど伊東まで行ってくるよ。しっかし、いきなり速達飛ばすもんなあ」

精一は小さく舌打ちをした。

「精ちゃんは反対なの?」

「予算とやり方次第だよ。チェーン店じゃそーゆーとこ進んでてさ、土地柄に合った店をきちっと建てられるようになってんだ。伊東はけっこう田舎だし、観光地っつっても、それだけじゃ安定した集客を見込めない。まず場所な、それからPR。やっぱ宣伝の時代よ。闇雲に店つくって失敗したあげく、俺たちが借金を背負うようになっても困るだろ」

「精ちゃん、よく知ってるね！　これじゃ泊まりがけかな」

「だなあ。おっと、それなら専科にも連絡しておかなくちゃ」

百合はあたふたと布団を片付け、しまったばかりの旅行バッグを出した。

「実家だし、一泊分だけでいいよ。肌着と靴下、それから……」

三十分後、精一は旅行バッグを持ち、百合とともに沼津荘を出た。最寄りのバス停に向かうと、ほどなく〝沼津駅行〟のバスが到着した。

「このところ留守ばかりで悪いな。近いうち埋め合わせをするから」

「うん、きっとだよ」

精一はいちばん後ろの座席に座り、曲がり角で見えなくなるまで百合の姿を見ていた。

沼津駅から上りの東海道本線に乗った精一は十二時半に熱海で下車した。二十分ほどして伊東線の電車に乗り、終点の伊東駅に着いたのが一時過ぎだ。

駅前に見覚えのある白い軽自動車が停まっている。小走りに近づくとドアが開いた。迎えに来たのは母の詩織だった。

「寒かったでしょう」

「こっちはそうでもないよ。母さん、元気だった？　父さんも変わりない？」

「ありがとう。元気ですよ」と、微笑んだ詩織は車を出した。

「お父さんはまだお店なの。お昼のお客さんがいらしてってね」

一越亭に着くと、店先から大きな黒い外車が発車した。

「えっ、ロールスロイスじゃない。店のお客さん？」精一が超高級車を目で追った。

「貿易会社の社長さんでね、葉山の別荘から来てくれるの」

「ふええ、そりゃすごい」

精一が車から降りると、勇造が出てきて店の戸に〝臨時休業〟の張り紙をした。

「おう、精一か。寒いから中に入れ」

精一は懐かしげに店内を見回した。

「久しぶりに見たけど、たしかに古いし、狭いなあ」

暖簾をしまってカギをかけた勇造は唸るように返事をし、厨房に入って食器を洗い始めた。

「手伝うよ」

「百合さんは元気なのか」

精一は「うん」とだけ返事をしたが、それきり勇造は無言だ。

「――わかってるよ。できるだけ早く許可をもらうつもりだ」

親子は後片付けを終え、戸締まりを確かめてから明かりを消した。

調理場の奥には廊下が伸び、左に休憩室、右に応接間がある。二階へはトイレの向かいにある少々急な階段から上る。東南に夫婦の寝室、精一の部屋もあった。

居間では詩織がストーブに火をつけていた。精一は寒そうにコタツに入った。

「父さんは？」

「不動産屋さんから電話。たぶん土地のことよ」

「土地って？　じゃ、ここはどうするつもりなの？」

「まだわからないのよ。父さんも迷ってるみたいだしね」

やがて二階に勇造が上がってきた。詩織に、「悪いがちょっと出かけてくる。すぐに戻れると思うが、話次第じゃどうかわからん。夕食のほうを頼む」と言い、精一の顔を見た。

「去年からいろいろあってな。母さんから事情を聞いといてくれ」

玄関先まで勇造を見送った詩織が戻ると、精一が二人の茶を淹れ、石油ストーブの上にやかんを載せたところだった。

「悪いわね。お昼は？　何か食べる？」

「出がけに食べてきたんだ。それより、父さんの言ってた事情ってなに？」

「それがね――」

詩織は昨年の暮れから起きたことを精一に話し始めた。控えめな詩織だが、意外に要点をおさえた話をする。途中で御用聞きが来たり、食事の予約の電話が入ったりして時間がかかったが、精一はここ二カ月ほどの出来事をほぼ理解した。

「そうか、トメさん、亡くなったのか」

「うん。父さんが〝年末で忙しいだろうから、精一に知らせるのはあとでいい〟って言ってね。あなた、それほど親しくしてなかったし、年も押し詰まってたから」

「あとでお線香をあげに行ってくるよ」

「お願いね」と、詩織が小さくうなずいた。

「それで焼けちゃった福膳旅館の福山さん、今、どうしてるの？　なぜ旅館を建て直さずに土地を売るんだろう」

「福山さん、近所の長屋に引っ越したらしいの。信心深い人だからね、なにかの宗教に入ったんですって。奥さんの菊ちゃんも実家に帰ったきりよ」

「宗教ねえ。俺ならまず再建を考えるけどなあ」

「福山さんには、あの方の考えがあるのよ。でも、菊ちゃんが出ていったのは旅館をやめてしまうからだと思う。子どももいないしね、福膳旅館は菊ちゃんにとっていちばんの生きがいだったのよ」

詩織は涙ぐんでいた。

「母さん、昔から菊野さんと仲良しだったもんね」

「黙ったまま行っちゃったの。あんな律儀な人がよ。よっぽどのことだわ。なんだか、かわいそうでね。……ごめんね、変な話になっちゃって」

精一は首を振って母親の肩に触れた。

「きっとまた会えるよ」

「今度、手紙を出してみようかと思ってるの」

「そうだね。――それで、父さんは本気で旅館の跡地を買おうとしてるわけ？」

詩織は精一のお茶を淹れ直しながら首を振った。

「その話を持ってきたのは不動産屋さんよ。ここよりずっと広いし一等地だからって。お父さんは〝親友の旅館を買い取れるものか〟って断ったんだけど、最近、東京の土地会社が跡地を見に来たらしいのよ。それでさっき、不動産屋がまたお父さんに電話をかけてきてね、店の設計図を見てくれって……」

「そこまで準備して売り込んできてるのか」

詩織は柱の時計を見て、急須と自分の湯飲みを盆に載せて立ち上がった。

「今日は福山さんも一緒みたいよ。お父さん、遅いわね。戻ったら話を聞いてあげてね。あなたも二十二歳だし、頼りにしてると思うのよ」

買い物に行くという詩織を見送り、精一は旅行バッグから着替えを出した。ファスナーを閉める手がふと止まった。

「なんだこれ？　図書館の本じゃないか」

真っ赤な栞の挟まったページに一越亭の記事があった。その栞に〝ちゃんと持って帰ってきてね〟とハートマークつきで書かれている。

「こういう本に店のことが出てるのか、へえ――」

3

勇造は四時ちょうどに戻ってきた。買い物に出る詩織と入れ違いになった。

「精一、出かけるから下りてこい。車で土地を見に行くぞ」

車はエンジンをかけられたままだった。精一が乗り込むや、勇造はすぐに車を出した。

「母さんから話を聞いたか」

「だいたいね。父さん迷ってるって聞いたけど」

「そうだったんだが、実は福山から買ってくれと言われてな」

福膳旅館の跡地はすでに更地になっていた。周りの店や家が修築したり改築したりしてはいるが、それ以外に火災の痕跡はない。精一は広い敷地の前で目をみはった。

「すごくいい場所じゃない。草野球くらいできそうに見えるね」

勇造がうなずく。「この辺じゃ一等地だ。おまえも福膳の建物に来たことがあるだろう」

「何度かね。二階か三階だったかな、部屋からの景色もよかったたっけなあ」

東を向けば相模湾、天気次第で遥か房総の山々を見渡せる。南には天城、北に箱根の山を望み、それらの支脈とともに大室山、矢筈山などの景色も楽しめた。

「こりゃすごい。すごい店が建つぞ」精一は両拳を握りしめながらつぶやいた。

二人はしばらく周囲の様子などを見て回り、夕陽が沈むころには一越亭に引き返していた。久しぶりに一越家の親子三人がそろい、それぞれが一家団らんの気分を味わった。

その日の深夜。詩織が寝室にひきとったあと、勇造はコタツの上に大きな紙を広げた。

「今日、見せられた店の設計図だ。膳一の指示で京都の有名店とほぼ同じ間取りになってる」

「二階建ての店か。大広間もあるし、よくわからないけどすごいな。大きい店だね」

「ああ、でかい。ここには三階もある。それに厨房を見てみろ。板前のほかに五人以上の料理人が入れる。夢のような店だ。福膳の土地を買うなど夢にも思っていなかったが、今日、不動産屋の事務所で福山に頭を下げられた」

「で、どう返事をしたの？」

勇造は首を振った。

「即答はできん。まだ保留だ。それに、膳一は妙なことを言っててな。あの土地には死んだ女の霊がいて、自分を探していると言うんだ」

「霊って、幽霊？　まさか！」

「昔から信心深い奴でな、今も聞いたことのない宗教の道場に通ってるらしい」

「それって詐欺まがいじゃないよね。最近は多いんだよ」

「本人の話じゃ、学問的な研究所のある近代的な宗教だそうだ。宇宙なんとか……霊界研究所だったかな。なんでも所長は孔雀明王の化身だとかなんとか」

「いかにも怪しいなあ。そんなことで旅館を諦めるわけ？」

「人には言えない理由があるのかもしれん。今日行ったら、〝もう自分はここで旅館はできない。東京の会社よりおまえにここを買ってほしい。ただ、その前にお祓いをさせてくれ〟と言ってな」

「えー、それ、誰がやるのさ」

「例の研究所にやらせるつもりだったらしいが、おかしな噂になるのもばかばかしい。時間がかかったのは福山を説得してたからだ」

「ならいいけど。それより問題は土地の代金だよ。どのくらいなの」

「東京の土地会社の提示額があるんだが、強気でな。それ以下にはできんそうだ。これに建築費を合わせると……」

総額を聞いた精一は「うーん」と唸り、座椅子にもたれかかってしまった。「一生遊んで暮らせそうな金額ってやつじゃない？　贅沢しなけりゃだけど」

勇造はこれに答えないまま黙っていたが、やがてすっと立ち上がった。

「何か飲むか。ちょっと待ってろ」

しばらくして持ってきたのは、刺身の盛り合わせと一升瓶だった。精一は大皿を見るとおおげさに首を振った。

「いやに豪華だね」

「呼びつけたのはこっちだからな。店の分とは別に仕入れておいた」

コップに清酒をつぎ、精一に差し出した。

一口飲んだ精一は「へえ」とつぶやいて酒の瓶を見つめた。

「これ、特級酒？」

「無鑑査だ。死んだトメさんの店から仕入れた酒だよ」

感心した精一は、「明日、線香を上げにいったついでに買ってくる」とグラスを干した。

「こいつはラベルなしなんだ。欲しけりゃ一越亭の名前で注文してこい」

「流通してない名無しの酒か。どうりで……」

その辺にある、さらりとした軽い酒じゃない。口に含んだとたん、コメの風味が直に立ち上がる重量級の原酒だった。

「ま、がぶがぶ酔っ払う酒じゃない。うまいものをおかずに味わう酒だ」

精一は皮を湯引きした鯛の刺身をつまむと思わずうなった。すぐに次の刺身を口に放り込んだが、その瞬間、目を瞠った。

「なんだこの刺身……」

「そりゃ鯵だよ。料理人のくせにわからんのか」と勇造が苦笑した。「おまえ、ちゃんと仕事してんだろうな」

つかの間、黙っていた精一はコップを置き、真剣な表情になった。

「父さん、この鯵でなめろうをつくってくれ」

「なめろう？　どうしてだ」

「いいから、頼む」

精一のけんまくに押し切られた勇造はぶつぶつ言いながら厨房へ向かい、精一は百合が忍ばせた旅行ガイドを手にとった。

「信じられん。百合、刺身じゃ差は出ないって言ったけどよ、この刺身、とんでもなく旨い」

ほどなく戻ってきた勇造は一枚の皿を差し出した。

「一口その酒を飲んでから食ってみろ」

酒を飲んだ精一は、なめろうを口にしたとたん、無言でじろりと勇造を見あげた。

「なんだよ。おまえがつくれって言うからつくったんだぞ」

「ああ」精一はコップを片手になめろうをつつき始め、やがて平らげてしまった。

「こいつ、全部食っちまいやがって」

勇造はあきれた顔で酒をついだ。

なみなみとつがれたコップをつかむと、精一はそれをぐいと勇造の目の前に掲げた。

「俺は覚悟を決めたぜ。あの土地、買おう」

つかの間、勇造はぽかんと口を開けていた。

「もう酔っ払ったのか?」

「シラフだよ。あんな店は家族が揃って協力しないと建てられない。俺は沼津の店を辞めて、料理人として伊東に帰ってくる。でっかい店をもつのが夢だったんだ」

「しかし、億からの金だぞ。店の蓄えだけではとても足らん」

「だって考えてみてよ。ちょうど店の建て替え時に一等地が売りに出た。地主は友人で、向こうから買ってくれって言ってきてるじゃないか。老舗の有名店そっくりのこんな店、この先、建てる機会があるとは思えないよ」

「そうかもしれんが、問題は採算が合うかどうかだ」

そう言いつつも、設計図を見つめる勇造の頬が上気してきた。

夢のような店を持つチャンスだったし、何より家から出た長男が、今、その気になっている。

わが子に張り合いを持たせるのも親の務めだろう。

「父さん、思い切ってここの土地を売ろう。あとは銀行だ」

精一は百合が忍ばせた旅行ガイドを差し出した。「これを見せてでも何でもして貸してもらう。一越亭に将来性があるってわかるはずだ」

「これをか」勇造が本を凝視すると、精一は赤い栞のあるページを開いてみせた。

「チェーン店がどれくらい宣伝費をかけるか知ってる？　ちょっとびっくりするほどの額だよ。それで広告は出せても、こういう本で褒めてもらえるわけじゃない。一越亭はそれくらい評判をとってるじゃないか。今、でっかい店にすりゃバンバン稼げるよ。宿泊客だって来てくれる。そうすれば、もっとたくさんの本に載るかもしれない。父さん、いや、店ができれば親方だ。もっとしっかりしてくれ」

「まあ、実のところ、資金のほうには多少のアテがあるんだ」

「どこかから借りられるの？」

「母さんの実家が少しは協力してくれるかもしれん。この話がうまく進むようなら……」

身を乗り出して聞いていた精一は何度もうなずいた。

「ならメドがつくわけじゃない。土地会社がまた値をつり上げる前に決めようよ」

結局、精一のほうが乗り気で話を進め、予定を延ばして三泊して引き上げた。

4

伊東から意気揚々と戻った翌日の夜、仕事を終えた精一は百合と差し向かいで晩酌をしていた。

例によって百合もちょっぴりだけ飲む。

「うわ、すごーい。おコメの香りがどどーん」

「おかずが欲しくなるだろ」

「これ、なんていうお酒？」

「名無しのゴンベ」

二人が飲んでいるのは一越亭の名で注文した伊豆の地酒だ。市販されていないと聞いた百合は目を丸くした。

「ほんと。おつまみというよりおかずが欲しいね」

「だったらこれを試してみろよ」

精一は冷蔵庫から一皿の料理を出してきた。鯵のなめろうだ。

さっそく一口食べた百合は、「おいしい」とつぶやいた。

「この前の新メニューとどっちが旨かった？」

百合は首をかしげながら、「こっちかな」と目の前の皿を指さした。

「だって、これ、すごいよ。どうしてこんなに腕を上げたの？」

「俺の手柄じゃないんだ」と、精一は首を振った。

「これは一越亭の味だよ」

「お父さんの？」

「ああ、親父になめろうを頼んだら、これを出してきた。実はな、これには仕掛けがあるんだよ」

そう言って精一はラベルのない一升瓶を手にした。

「なめろうをつくるとき、こいつの酒粕を隠し味に使ったんだ。なめろうの味とこの酒はつながってる」

「じゃ、なめろうの味でお店の新築に賛成したの？」

「それもあるかなあ。それに鯵の刺身がバカうまだったんだ。俺のよりずっとね」

「そんなに違うの？」

精一はなめろうをつつきながら、

「あの刺身は造ってやれないな」とつぶやいた。

「どうやったのかわからない。包丁の入れ方、角度かな。切れ味なんかも違うのかもな。わかんないけど、同じ材料があっても今の俺にはできねえや。もう食べ歩く気も失せたよ」

「それが決め手だったの？」

「ああ。でもな、最後に一押しくれたのはこの本だったんだぜ」

精一はコタツの上にある本をポンと叩いた。

「え」と驚いた百合は、

「ごめん。読んだらすごいお店なんだもん。だから、なんとなく入れちゃった」と頭をかいた。

「いいんだ。俺も親父も元気百倍さ。でも、こんな本、よく知ってたな」

「偶然だよ。精ちゃんの故郷、どんなところかなって見てたらお店が載ってた」

「そうか。おかげで一越亭も立派な店を構えることになった」

ぐいと酒を飲み干した精一は「それでな百合」と、向き直った。

「なに？」

「伊東の店はでっかいけど、借金もでかい。家族みんなで頑張っていくしかないんだ。苦労をかけると思うけど、一緒に伊東へ来てくれ」

「もちろんだよ。ずっと一緒だもん。あたしの親だってもう文句は言えないね」

「よし、乾杯だ！」

「乾杯だー」

この翌年、一越亭は新しい土地に移転し、家族が力を合わせて開店にこぎ着けた。

新一越亭

1

一越亭のある伊東は伊豆半島の東端にあり、水産物の豊かな相模湾に面している。周囲の山々が寒風を遮って冬は温暖、春から夏には東風《こち》が吹いて涼しく、寒暑の差は少ない。昭和の中頃以後、大温泉地・伊東はリゾート地や別荘地として開発が進められ、昭和五十五年になると、旅館の数は三七〇以上、寮や保養所も四〇〇を超えた。

勇造たちが一大決心をして大店舗を新築した一越亭は市の人口と観光客の増加という順風に乗り、家族全員の努力もあって繁盛した。内情は苦しかったが銀行への返済を滞らせることはなく、精一夫婦は長女の冴子と長男の利矢と二人の子どもにも恵まれた。そして新築から一二年目、勇造は地元商店街とその振興組合からの推薦を受け、市議会議員の補欠選挙に出て初当選を果たした。

その当時、伊豆の観光業界は戦後、最もいい時期を迎えていたが、中小規模の旅館やホテルの経営者の多くは現在の好景気がバブルであり、長続きしないことに気づいていた。好調な今のうちに伊豆観光業のための大規模な振興策を進めるべく、知名度の高い一越亭の主人を市議会に送り込もうと話がまとまったのである。最大の問題は、選挙に立候補するよう勇造を説得することだったが、最後には彼の性格をよく知る長老たちがその役を引き受けた。

「一越さん、再来月、市議の補欠選挙があることはご存じでしょうが、実はあんたに出馬してほしいと思いましてね、そのお願いに来たんですわ。もちろん、選挙資金や対策本部、後援会の準備、あちこちの根回しも私らが引き受けます」

「ここでもう一押し活性化策をうつには、わしらの中から議員を出すしかない。あんたの店は経営も順調で知名度も高いし跡継ぎもいる。ほかに頼める人はおらん」

初めはかたくなに拒んでいた勇造だが、死んだ酒屋の留吉の話を出されると急に黙り込んでしまった。生前の留吉には〝伊東や伊豆のことまで考えろ〟と常々言われていたからだ。実際、最後に交わした会話のなかでも、留吉はまるで遺言のように同じことを言った。頼み人たちが留吉の遺影を出すに及び、勇造はとうとう頷いた。

そして、選挙が始まると、勇造は〝いかにして他所から観光に来てもらえるか、これに取り組むことが重要だ〟と主張し、さらに〝既存の観光施設をもっと充実させ、これを広く宣伝しよう。これがもっとも金がかからず効果的だ〟と訴えた。

ひとたび当選すると、勇造は地域の声を聞きながら脇目も振らずに勉強し、その希望や展望が実現する方法を話し合った。そんなことをコツコツと三年も続けるうち、勇造の意見は少しずつ認められ、賛成を得られるようになっていた。一越亭の新築から一六年目のことだ。

「――たしかに今は温泉も旅館も悪くありませんが、このままではいずれ頭打ちになることは目に見えています」

ある日の市議会で、勇造はプロジェクターの上に一枚の原稿を載せ、スクリーンに表とグラフを映しだした。

「これは当地に来たここ数年の観光客を分析したものです。これでわかるように、数年前から宿泊客より日帰り客のほうが多くなっており、徐々にその差が開いています」

勇造は指し棒を二本の折れ線グラフの交点に伸ばし、その後で差が開く様子を示した。

「おそらくこの傾向は続くでしょう。しかも、長期宿泊用の療養所が急増している。その影響をいちばん先に被るのは中小の旅館や民宿、つまり地域に元からある個人経営の宿泊施設です。そうなれば、いずれ地元の仕事が減り、若者たちは職を求めて伊豆を出ざるを得なくなる。近い将来に到来する少子化がこれに重なれば、どうなります。伊豆の住人は老人ばかりになってしまう」

賛同のざわめきが広がる一方、「じゃ、どうしろというんだ」という声もあがった。

だいぶ白髪が目立つようになった勇造は、まだ五十九歳とは思えぬほどの貫禄で片手を挙げ場内のざわめく声を静めた。

「アクセスです。つまり道路です。景気が好調な今のうち、伊豆全体におよぶ大規模な整備計画を策定すべきです」

このとき、〝道路整備は済んでいる〟〝すでに伊豆縦貫道の計画が進んでいる〟といった意見も出たが、勇造はまたしても手でそれを制した。

「現行の整備では、ますます日帰り客が増えるでしょう。私が考えているのは巨大な道路を増やすのではなく、地域の末端まで見通しがよくなるような整備計画です。高速道路ができても、地域の末端は相変わらず不便です。太い道路のため車が急増したらどうなります？」

勇造は場内を見回し、「渋滞が起きるのです」と続けた。

「高速道路から降りれば渋滞となり、せっかく来てくれた人にストレスをかけてしまう。一度来たらもう来ないでしょう。それでは見通しも悪いままです。必要なのは観光客にストレスを与えず、自然環境にもストレスをかけぬ道路整備、いわばストレスフリー計画です。これを実現するには伊豆全体がひとつになり、協力せねばなりません」

この年、勇造の孫にあたる冴子は中学二年生になり、弟の利矢は小学五年生になっていた。そして、新規開店から一六年目の一越亭を切り回しているのはその両親、精一と百合だった。詩織も勇造の身の回りの世話に忙しい日々を送っている。

「今日は少し時間が空くから、休憩していいよ。厨房のほうも片づいた」

奥の厨房からホールに出てきた精一は三十七歳になっていた。目尻の皺が少し目立つようになり、厳しさのある顎の線は父親の勇造にそっくりになった。

「はい、わかりました。こちらも終わりですから」

客席を整えている百合は三十二歳。新規オープン当初の看板娘はすっかり若女将の役目が板につき、店では上司だからと精一にも敬語を使うよう気を配っていた。

一階のホールには一五〇あまりの席数があり、奥の座敷席や二階の宴会用大広間、宿泊用の個室などを合わせると五〇〇人以上を収容できる。もちろん、これらがすべて満員になるのはツアー客などの大きな予約が重なったときのことだ。

平日の一越亭は午後二時でいったん一階の店を閉め、夕方四時に改めて開店する。この間、予約客があるときは大・小の広間や座敷席の用意をし、宿泊客の場合は個室の準備をする。客数によっては部屋のセッティングや食事の仕込みに追われることになるが、この日の予約は宿泊客が二組だけだった。

精一は入り口から見ていちばん奥の席に座り、あたりを見渡した。時間のあるとき、客になったつもりでフロアを眺めるのを習慣にしていたのである。

「ま、悪くないな」

店内は明るいし、広い割に日替わりの一品メニューを書いた黒板もよく見える。勇造が市議会議員になって以来、一越亭のメニューは精一がすべて管理していた。昔からの常連客が予約をしたときだけ勇造が献立の指示を出していたが、それも最近では精一に任せることが増えている。

精一と同じく、真っ白な調理服を着た百合が近づいてきた。

「なんとか元どおり、でしょうか」

百合がしみじみした様子でそう言うと、精一の表情がわずかに曇った。今は順調に見える一越亭だが、実は大きな危機を乗り越えてきたのである。

「まだ打撃から回復したわけじゃないよ。でも、今のところ世の中の景気はいいし、たぶん大丈夫だろうと思う。ほとんど幽霊の話も出なくなったしね。ま、客数は思うように増えてこないけど、それは消費税が始まって以来のことだ。それにしても、あんな噂が消えるのに五年以上もかかるとはなあ」

これは福膳旅館の主人だった福山膳一が関係する話で、この一件以来、福山は伊東から姿を消してしまった。

一越亭の新築から六、七年経ったころのことだ。それまで一越家の全員が必死で働き、お客においしい食事をなるべく安く出そうと懸命に努力した。借金は莫大なものだったが、経営もなんとか波に乗り、宿泊客のほうも順調に予約が入り、キャンセル待ちの客まで出てきた。そこで、勇造と精一は宿泊客をもっと増やそうと離れを建てる計画を練りはじめ、初夏のある日、旅館を経営していた福山膳一に意見を聞こうと招いたのである。

その夜、膳一と勇造は久しぶりに旧交を温め、酒を酌み交わしているうちにひどく酔っ払ってしまった。どちらからともなく〝仕事の話はまた明日だ〟ということになり、膳一は一越亭の個室に泊まることになった。ところが、その翌朝早く、酔いつぶれたはずの膳一が大声で勇造をたたき起こしたのである。

「で、出た。あ、あのころと同じ、同じ顔だ！」

寝間着姿の勇造は親友の真っ青な顔や震えの止まらない体を見て驚いた。

「いったい何があったんだ」

詳しく話を聞くと、海に落ちて死んだ小山正恵の霊がいたという。

「時間は夜中の二時すぎだ。夜光塗料で青く光る時計の針が見えた」

突然、ぞっと寒気がして目が醒めた。すると、暗いなかに彼女の顔が浮かび上がっている。福膳旅館で働いていた頃そのままの顔なのに、髪はぐっしょり濡れていた。驚いて起きようとしたが、不思議なことにどうやっても体が動かない。未明になって正恵の姿が消えると動けるようになり、あわてて部屋を飛び出した。

「そんなバカな。もう大昔の話じゃないか。悪い夢を見ただけだろう」

「夢なんかじゃない。やっぱり、正恵が死んだのは俺のせいなんだ」

「おまえのせい？」勇造は首をかしげた。「おまえ、何か正恵さんに悪いことをしたのか？」

「悪いことなどしていないが……」

膳一は、正恵が火事の原因をつくったと思い込んでいたことを話し、くしゃくしゃになった古い手紙を差し出した。

「これが一五年以上も前に受け取った正恵の遺書だ。いったんは破り捨てようとしたが、どうしてもできなかった。いいから読んでくれ」

ためらいがちに勇造が読み出すと、膳一は独り言のようにつぶやいた。

「考えてみれば、昨晩泊まった部屋な、昔、俺が一度だけ正恵と間違いをしてしまった部屋があった場所だ。死ぬ前、正恵は自分が火事の原因を作ったとずいぶん悩み、居場所がないと感じてたらしい。だから、未だに成仏できず、あそこにいるんだ」

手紙を読み終わった勇造は、「少々驚いたが、これで正恵という女性がどう考えていたかはわかった」と手紙を返した。「まあ、信心深いおまえのことだ、命を絶った女に心残りがあったと思いやる気持ちもわからんではない。しかし、その霊がここにいるってのは思いすごしだよ」

勇造はなかばあきれながら親友をなだめたが、膳一はもう一泊すると言ってきかない。

「思いすごしなんかじゃない。今晩、また霊が出てきたら、俺は正恵に謝るつもりだ」

「じゃ、俺もつきあうよ。それでいいな」

そしてその夜――。

二人は問題の部屋に泊まった。少しは酒も飲んでいたが、二人とも妙に酔いがまわらない。そうこうするうち夜中の十二時が過ぎ、やがて二時をまわった。膳一が「冷えてきたな」とつぶやくと勇造も寒気がして、何かがいる気配を感じたような気がした。ふと見ると、膳一もぶるぶる震えている。

――何かおかしい。ほんとうに女の霊がいるのか。

幽霊を直接見ることはなかったが、二人で顔を見合わせながら、まんじりともせずに朝を迎えた。翌日、膳一は久しぶりに正恵の家に行き、果物籠を置いて「どうか、成仏してください」と位牌を拝んだ。一心に拝んだ。そのあと、勇造と一緒に日蓮宗の高延寺に行き、住職の松島泰三和尚に正恵の幽霊を鎮めてほしいと相談を持ち込んだ。

ていねいに膳一の話を聞いた住職だったが、さすがに「うーん」と頭を抱えて考え込んでしまった。

「こういう相談は初めてなのでねえ。お葬式やお年忌はやってきましたが、幽霊を鎮めるためにお経をあげたことなんてありません」

先代の住職が寂してから日が浅く、泰三和尚はまだ三十二歳という若さだ。内心では〝この世に幽霊など存在するわけがない、心の迷いだ〟と思わないでもなかった。しかし、〝どうしても〟と頼んできたのはどちらも寺の檀家である。宿泊客の予約を断ってまで頼みにきたという。

「まあ、そこまで言うのなら」

ほんとうは断りたいが、あいにく今日は葬儀の予定も何もない。和尚はしぶしぶ承知し、自信なさげに一越亭までやってきた。

「では二人とも座ってください」

和尚は白い紙を数センチ角に切って部屋の四隅に撒き、部屋の外には塩を撒いた。寺から持ってきた日蓮聖人の像を部屋の上座に安置し、ひとしきり〝南無妙法蓮華経〟と唱えた。経は三〇分ほど続いた。

「もうこれでいいでしょう」

勇造はお布施を渡して和尚を寺に送ると、〝やれることはやった〟と思った。

「これで成仏してくれることだろう」

しかし、膳一が「もう一晩泊まってみる」と言うので、勇造もまたつきあうことにした。今度は酒も飲まずに注意していたが、それらしいことは起こらない。明け方、安心した勇造は高いびきで眠り込み、膳一もいつの間にか眠った。

翌日、勇造は「お経が効いた」と晴れやかに笑った。「膳一、よかったな。これで納得できただろう」

膳一もほっとした様子で頭を下げ、古い封筒を取り出した。

「勇造、すまんが正恵の遺書を頼む。破り捨てようと思ったが、俺にはどうしてもできん」

「わかった。もうこの手紙のことは忘れろ。遺書は俺が預かる、いや処分する」

これでひとまず、膳一と幽霊の騒動は収まりがついたはずだった。ところが、一越亭の苦難はこれが始まりだったのである。

和尚の読経からほどなくして、「一越亭に幽霊が出るらしい」という噂が世間に広がった。幽霊の鎮魂を頼んだことが知られたのか、経をあげてもらったのを誰かに見られたのか、原因はわからない。しかし、こんな噂が広がるのは驚くほど早い。とたんに宿泊客の予約が減り、家族客の数が激減した。

勇造と精一は離れの増築を控え、当面は様子を見ることにした。すると、わざわざ幽霊が出るという部屋を指定して宿泊を申し込む客が出てきたのである。予約を受けた百合が勇造と精一にそれを告げると、二人とも苦笑いをした。

「こいつは驚いた。こんな噂が宣伝になるのかねえ」

精一が妙に感心すると、百合がじろりとにらんだ。

「本当に出たりしませんわよね？」

「まさか。でも、あの和尚、なんか自信なさそうだったなあ」

もちろん、幽霊など出るはずもない。恐いもの見たさの客のなかには、「幽霊に出会えなくて残念だった。もう一度泊まりに来るよ」などと言う者もいた。でも、客足は遠のくばかりだった。

半年も経たずに勇造は頭を抱えることになった。大きな店だけに、維持するだけでも経費がかさむ。店の借金返済や精一夫婦、従業員に支払う賃金に困るようになってきたのである。結局、料理人を減らし、必要なときだけ臨時で雇う助《すけ》でしのぐことになった。精一夫婦の手当も大半がカットされた。それでも全員が仕事に打ち込み、苦しい時期を耐えた。

〝人の噂も七十五日〟というが、幽霊騒動はそう簡単に去ってはくれなかった。幽霊の噂や問い合わせを聞かずに一日を終えられるようになったのは、ほぼ三年が経ったころだ。

それまでどんなに幽霊の噂を耳にしても、一越家は肯定も否定もせずに黙ってじっと耐え続けた。それが功を奏し、徐々に幽霊の問合せ電話が少なくなり、興味本位の宿泊客が姿を消していった。

そして、勇造が市議会議員の選挙に推薦されたのが、その数年後のことだ。このころになると、やっと一越亭は以前のように経営の順調な料亭という見方をされるようになっていたのである。

2

桜も散った晩春のある日、昼時の喧噪が去り、百合は財布を持って一越亭を出た。月に一度、百合は近所の店に顔を出すよう心がけていた。お互い近所に店を構えている以上、ある程度の気遣いは必要だ。といっても、近所にあるのは八百屋の八百富と梅田屋という洋品店だけだった。

「お富さん、こんにちは」

「おや、百合さん、いらっしゃい。あんた、今日もきれいだね」

八百富の奥からがっしりとした富代がニコニコしながら出てきた。体格も力も男勝りできっぷもいい。気持よく買い物ができると主婦たちに人気もあり、かなり繁盛している青果店だった。百合もお富と馬が合い、一越亭が開店した当時から仲よくしていた。

「子どもたちのおやつに、何か果物をと思って」

「おう、うちの果物は新鮮で体にいいからね。何でも好きなものを選んどくれよ。おまけするからさ」

「どれもおいしそうね」百合が迷っていると、富代は真っ赤なイチゴを指さした。

「よく熟しててすごく甘いよ。こんなのを食べれば、冴ちゃんもすごい美人になってさ、女優さんにもなれるよ。あたしゃ、大ファンになっちまうだろうね。あたしがいいのを選んでやるけど、どうだい?」

「じゃお願い。でも、冴子は学校の先生になるのが夢なのよ」

「お、そうなのかい。何の先生だろね。冴ちゃんなら美術か、音楽の先生かね?」

お富がイチゴに手を伸ばしながら尋ねた。

「それが家庭科の先生なのよ」

「へえ」と、お富は大げさに驚いた。「そいつは意外だねえ。どうしてだい」

「お料理が好きだし、家の仕事にも役立つからって言うのよ」

「ええっ仕事にかい！　そりゃ親にとっちゃありがたい話だろうけど、さすがにあんたも驚いたろ？」

「まあね。でも、あの子、いつも自分から手伝うことないかって来るのよ。だから、精一さんなんて〝やっぱりか〟だって」

お富はイチゴを手にしたまま、〝へええ〟とまた驚いた。

「冴ちゃん、いい子だわ。あの子は偉い。ほんと偉いよ。女優さんじゃなくても、あたしゃあ大ファンになったね。利矢くんも可愛らしいしさ、うちには子どもがいないから、あんたがうらやましいよ」

お富はイチゴのパックをひとつ余計に袋に入れ、「あいよ。ひとつは子どもたちにオマケだ」と言って百合に差し出した。

「あら、ありがとう。いつも悪いわね」

「いいんだよ。また、そのうち一越亭に食べに行くからね」

大事そうにイチゴを受け取った百合が、「お待ちしております」と頭を下げると、お富は「もっと胸を張ってなよ」と豪快に笑った。「この界隈は一越亭のおかげで賑やかになってるのさ。うちだってお客さんが増えて助かってんだ。あんた、そこの若女将なんだからね」

近所に気を遣っている百合の心を理解し、「気を遣うな」と笑ったお富だったが、百合が去ったあとで突然天を仰いだ。

「しまった。イチゴ農家の娘にイチゴを買わせちまった」

八百富をあとにした百合が「こんにちは」と梅田屋に入ると、年の頃四十半ばくらいの女が出てきた。名を梅田海子といい、お富とは対照的に細身で、パーマをかけた長い髪をていねいにセットしている。若いころは美人と言われただろうが、少々目元がきつかった。亭主が近所の小学校の教頭なのを鼻にかけ、〝うちは家格が違う〟〝亭主はいずれ校長になる〟というのが口癖だ。気位の高い女性だったが、それでも町内の人々は教頭先生の奥様だと一目おいていた。

「おや一越さん、いらっしゃい。ちょうどよかった。似合いそうな服があるのよー」

「まあ、そうですか」

百合は海子の話し方が苦手だ。それを表情に出さないように狭い店内をぐるりと見回した。久しぶりだったが、品揃えにほとんど変化がない。最近は海子自身が縫った服を店内にぶらさげていて、流行や季節に敏感なメーカー品を入れていないためだ。

海子が百合の胸に当てて見せたのも、彼女自身が縫った服だった。

「ほら、似合うでしょ。私の目は間違いないのよー」

「そうねえ……」

百合は言葉を濁した。くすんだ黄土色のワンピースで、白くて細かい唐草模様が全体を覆っている。還暦をすぎたシニア世代でも、二の足を踏みそうなデザインだ。

海子は百合の手に服を押しつけて一歩下がり、挑みかかるような目つきでじろじろ眺めた。そして、「いいわよお」とまた言った。

「そんなに似合うかしら」

「ちょうどこれからの行楽シーズンにぴったりじゃないの。今、これと同じデザインで女の子用のも縫ってるの。そっちはウグイス色。冴子ちゃんにぴったり合うから、これにしなさいよ。次の秋には親子でお揃いを着られるわよー。楽しみでしょ？」

百合は鏡に映った自分を冴子だと想像し、苦笑した。

「――いいわ。これにします」

海子は上機嫌で服を畳みだした。機嫌がいいと、必ず亭主の自慢をする。校長になると言い続けて数年が経つが、今のところ、それが実現する気配はないらしい。それでも彼女は自慢をする。百合は黙ってそれを聞き、感心してみせる。子どもたちが通う学校の教頭先生の奥方だ。無理に人間関係をこじらせる必要はない。町内の人たちが海子をバカにせず、むしろ一目置いている理由もそれと同じことだ。ただし、付き合いのある人の数は少なかった。

そんなわけで、たいていは海子も気分よく言いたいことを言えるため、たまに客が来て商品でも売れようものなら、ゆっくりと包装しながら世間話をしたがる。

「ねえ、最近、変な宗教が来なかった？」

ひとしきり亭主の話をしたあと、海子がそう尋ねた。

「宗教？　いえ、来てないと思いますよ」

「ならいいけどねー」と、すっかり海子の手は止まっている。

「こないだ、神加藤っていう変な名前の人が名刺を置いてったのよ。でね、五〇万円もする神さまの絵を買わないかって。毎日拝むと願いがかなうし、長生きできるっていうのよ。そう言われると欲しくなるじゃないのー」

「あら、ニュースでやってた詐欺事件そっくりだわ。それも変な名前の宗教で、なんでも教祖が孔雀明王の生まれ変わりだっていう」

百合がそう言ったとたん、海子は畳みかけた服を振り回した。

「それそれ、クジャク真実教！　その神なんとかって人は宇宙心霊研究所の職員だなんて言ってたけど、クジャク真実教のアジトらしいのね。あたし、宅の主人が校長になれるように買っちゃおうかしら、なんて思ってたらニュースに出たじゃない。もう、心臓が止まりそうになってね、危ないところだったのよー」

「まあ、大変でしたわね」

「まったく、人を騙して儲けようなんてひどい宗教だわ。で、そのときね、百合さんっていかにも騙されやすそうだから、ぜひ教えてさしあげなくっちゃと思ったのよー」

「ありがとうございます。よく気をつけるようにしますわ」

百合は苦笑しながら頭を下げた。それから海子はまた亭主の自慢を始め、やっと黄土色の服が袋に入れられたのは、それから二〇分ほどあとのことだった。

3

ご近所回りをすませた百合が一越亭に戻ると、調理服姿の精一がいつもの席に腰を下ろしていた。一枚の紙をテーブルに置いて腕を組んでいる。まるでその紙をにらみつけているような風情だったが、居眠りをしていたらしい。百合の足音でぎくりと目を覚まし、照れ笑いを浮かべた。

「ずいぶんお疲れですね」

「ああ、まあね。先週から新しいメニューを考えてるんだけど、これがなかなかなあ」

「ねえ、二、三日、お店を休んでゆっくりしてみたらどうかしら」

百合が心配そうにそう言うと、精一は「どうしてだ」と目を上げた。

「ときどき、あなたが昔のあなたと重なるんです。まだ、沼津にいて、鰺の料理を食べ歩いてたころの」

精一は今しがたリストに書きかけた〝鰺づくしランチ〟という字を、ガリガリと塗りつぶした。

「俺、焦っているように見えるか」

百合は首を振った。

「そういうわけではありませんけど、ここ何年か、お父さまもほとんどお店にいませんし、疲れてらっしゃるのは間違いないでしょう?」

「平気さ。たしかに一越亭の料理といえば親方の料理だった。昔の親方は客と差し向かいで包丁を握っていたし、小回りもきいただろ。でも、これだけ大きな店で一度に何百人もの客を相手にすると、そんなふうにはいかなくなる」

「ええ、そうですね」

「俺は大丈夫だよ。メニューのほうは俺が何とかするさ。親方は政治家になっちまったし、そもそもがこういうのに不慣れだしな。ま、そんなに深刻に考えるなって」

「……はい」

百合は素直にうなずいたが、表情は晴れない。

心配事の一つは昔からの常連客がほとんど姿を見せなくなったことだ。葉山から一越亭に通っていたロールスロイスも昨年から来なくなっている。それからもう一つ、毎年、版を重ねる旅行ガイドブック『魅惑の東伊豆・伊東の旅』の記事から一越亭の名が消えた。

このとき奥から長女の冴子が顔を見せた。

「あら、おかえり。学校、どうだった?」

「お父さん、お母さん、ただいま。今日は球技大会の練習があったの。試合やったら疲れちゃった」

「また大活躍? 冴子はバレーボールのエースなんですよ」と百合が精一に言うと、冴子は「エースなんかじゃないよ」と慎ましく手を振った。

「今日は予約ないから、店のほうはいいぞ。さっき利矢も帰ったから、一緒にゆっくりしてなさい」

精一の言葉を聞き、冴子は控えめにガッツポーズを見せた。

「じゃ、二人で宿題をしてるね。夜はちゃんと店を手伝うから」

中学二年生とはいえ背が高く、着る服によっては女子大生かと見まがうほど大人びている。母親の百合によく似て鼻筋が通り、ポニーテールにした長い髪は緩やかに波打っていた。何より二重まぶたの奥で揺れる黒い瞳が印象的な娘だ。

実は幽霊騒動が収まりきらないころ、売上の落ち込んだ一越亭は使用人を解雇し、週末などになると人手不足になっていた。そこで、冴子がテーブルの後片付けなどを手伝うようになったが、そんなとき男性客の多くが食事そっちのけで振り向いた。

冴子は華やかでいながら落ち着いた雰囲気もあり、年の割に客との受け答えもそつなくこなす。いつしか、男性客の口コミが広がり、冴子見たさに来る客さえ出る始末だった。驚いたことに、冴子の存在が一越亭を救うことになったのである。

冴子自身も店に出て客と話すのが嫌いではなく、むしろ楽しんでいるようだった。まだ中学生ではあったが、そんな冴子の存在は精一と百合にとっては意外なほど大きかった。

冴子が奥に引っ込んだ数分後、店の電話が鳴った。

「悪いが出てくれ。たぶん予約だろう」

小走りに奥へ行った百合が青い顔で戻ったのは、ぴったり一〇分後のことだ。

「あなた、ちょっと……」

「長かったな。団体の予約か何かか?」

「いえ、冴子のことで学校からです。私に話があると」

精一はぎょっと顔を上げた。

「何か問題でも起こしたのか」

「いえ、詳しいことはまだ何も……。とにかく、すぐに行ってまいります」

中学校に行った百合は二人の女性教師に案内され、応接室の椅子に腰を下ろした。対面する教師の一人は担任の秋川だったが、もう一人は初対面だ。生活指導の担当だという。

「実は、ある方から、冴子さんがお店の手伝いをしていると聞きましてね」

秋川がそう切り出すと、百合は怪訝にうなずいた。

「はい。あの子は気の優しい子で、よく手伝ってくれます」

「お母さん」と今度は生活指導の教師が口を開く。

「ちょっとしたお手伝いならともかく、夜に、それもお酒の席に出ているそうじゃないですか。教育上、問題ですね」

「そ、それは、はい……」

百合はうつむいた。

「冴子さんはまだ中学二年生なんですよ。いくら人手が足りないと言っても、そんな年の子をお酒の席に出してはいけません。まさかとは思いますが、未成年者の飲酒が禁止されていることぐらいはご存じですね」

「はい、わかっております。すいません」

うつむいたままの百合に向かい、秋川が「冴子さんはすばらしい生徒なんですよ」と話しかけた。

「成績はいいし、皆に好かれて学級委員をしているんです。運動神経もなかなかのもので、バレーボールのキャプテンでもあるんですね。今のわが校を代表する優秀な生徒といってもよろしい。でも、こんなことが続けば、学級委員もキャプテンもやめてもらうことになりますよ。そうなったら冴子さんがどれだけ傷つくことか」

「ど、どうか、そればかりは……」

百合はひたすら頭を下げた。二人の教師に〝冴子を酒の席に出さないこと〟〝手伝いより勉強を優先させること〟を約束させられ、やっと帰宅を許された。

帰途、百合は肩を落としてとぼとぼ歩きながら、「そうね、まだ中学生なのよね」とつぶやいた。

「あの子、あんまり大人びてて優しいから……」

4

その数日後の正午、大室与志朗から勇造に急ぎの電話がかかった。大室与志朗とは、大室建設の社長で、市議会議員一越勇造の後援会の主要なメンバーだ。主に選挙の資金面などで役に立っていた男である。

受話器を置いた勇造は一越亭の厨房に向かった。ちょうど昼食時とあって、誰もが仕事に集中している。百合はホールと厨房をあわただしく往復し、料理人二人と精一もそれぞれの持ち場で忙しく手を動かしている。

「すまんが、これから大室と出かけてくる」

「親方、何かあったんですか。どこへ行くんです」

大きな鍋をかき回しながら、精一が声をかけると、勇造は厳しい表情で「東京だ」と答えた。「大室の娘が警察に補導された。学校をサボって遊びに行ったらしい」

「それはまた……。でも、親方が出ることはないでしょう」

大室民江は冴子より一学年上の中学三年生だった。体格がよく、男のようなもの言いをするので、周囲の女子生徒から怖れられていた。部活動はしておらず、放課後になると不良女生徒を集めてグループをつくり、姉御気取りで街に出ていく。隠れてタバコを吸っているという噂もあり、教師から睨まれていた。

「そうなんだが大室に泣きつかれてな」

勇造は不正に公共工事の情報を欲しがる大室をよく思ってはいなかった。先日も手厳しくはねつけたが、選挙ではずいぶん世話になっている。後援会のこともあり、気まずい関係にはしておきたくなかった。公的な事業の裏で便宜を図るなど論外だが、個人的な問題で恩返しできるならそれがいいと思ったのである。

厨房をあとにした勇造が着替えをすませたとき、大室を乗せたタクシーが到着した。

「あなた、お気をつけて」

見送る詩織にうなずき、勇造は車に乗り込んだ。

走り出すと、すぐに厳つい顔の大室が頭を下げた。

「先生、申し訳ありません。娘がバカなことをしでかしまして」

「いや。とにかく詳しいことを聞かせてください」

「それが実に何とも監督不行届なことで……」

大室によると、民江が家を出たのは昨日の午後だった。民江は〝明日は創立記念日でお休みだから、友達の家に泊まる〟と言い、両親はそれを疑いもしなかった。実際は雲川芳子と東京に行って安宿に泊まり、浅草あたりをふらふらしていた。それを見とがめた巡査から「どこから来たんだ」と職務質問をされると、観念した二人は「学校をサボって伊東から来た」と白状したらしい。平日の東京で、それも見るからに垢抜けない少女が二人できょろきょろしていれば、警官でなくとも怪しく思うだろう。

巡査は保護した二人を交番に連れていき、「売り飛ばされたらどうするんだ！」と叱りつけた。「今、家出娘の失踪が急増してるんだ。悪い奴が宿を世話をすると言って近づいてきて、お前たちのようなバカ者を誘拐する。監視がつくから、帰りたくても逃げられんぞ」

二人とも説教の途中から大声で泣き出したという。

「親が引き取りに来いというんですが、芳子のほうは片親でして、その父親も先日怪我をして入院中らしいんですよ」

すっかりしょげ返り、心細くなった大室は思いあまって勇造に泣きつき、付き添いを頼んだのだった。

「学校にも連絡がいったのですか」

「はあ、校長がえらい剣幕でして、いずれ、教育委員会に出向かにゃならんそうで……」

担任が東京まで同行すると言ったらしいが、市議会議員の勇造の名前を出し、強引に押しとどめたという。

「だから、どうしても先生には来てもらわんと」

大室は額に汗を浮かべながら頭を下げた。

二人は三島でタクシーを降り、東海道新幹線に乗り換えた。肩を落とした大室が、「すみません、すみません」としきりに謝るので、勇造も厳しい顔ばかりしているわけにもいかなくなった。

「すんでしまったことは仕方ありません。人生は山あり谷ありで、民江さんもよい経験をしたと思えばよろしい。きっと、これからは曲がった道に入らないでしょう」

やがて新幹線が小田原駅に停車し、勇造たちの横の席に恰幅のいい初老の紳士がやってきた。ところが、手荷物を上げようとした瞬間に列車が動き出し、よろけた男は思わず勇造の肩に手をかけた。

「これは失礼をいたしました」

「大丈夫ですか」勇造は男の体を支えながら立ち上がり、床に落ちた鞄を手渡した。

遅れて男の連れらしいスーツ姿の若者がやってきたが、初老の男に顎で指示をされると、鞄を受け取って窓側の席に座った。

うなずいた紳士は通路側の席に腰を下ろし、「どこから来なすった」と勇造たちに尋ねた。

「伊東からです」

「ほう。何度か行ったことがあります。滝川義人という友人がおりましてな」

勇造はわずかに眉を上げた。

「伊東市長の滝川さんですか」

「さよう。どうやら、わしらは共通の友人を持っているようだ」

微笑んだ紳士が二人に名刺を差し出し、それを見た大室が小さく「ひっ」と声を上げた。

名刺には〝衆議院議員　建設大臣　高山三蔵〟とある。

「あれは秘書の山元です」と、高山は若者をちらと見た。

勇造と大室も名刺を出すと、大臣はつかの間、思案顔になった。

「伊東は温泉や名所があっていいところですな。でも道路が貧弱だ」

「はい、市長の滝川さんとは〝道路をよくすれば、伊豆も伊東ももっと発展するだろう〟と、いつも議論しています。先生、これも何かの縁です。伊東を助けてください。お願いします」

偶然の巡りあいに驚いた勇造は頭を下げ、大室もこの機会を逃すまいと身を乗り出した。

「先生、私は伊東で建設会社を経営しています。道路工事ならお手の物です。ぜひ大室を使ってください」

娘のことで頭を痛めていたことなど忘れ、大臣への売り込みに大忙しとなった。

やがて新幹線は東京駅に到着し、二人は大臣と後日の再会を約束して別れた。そして、その足で浅草の警察署に行くと、当然ながら、大室は警察で大目玉をくらった。

「お父さん、あなたの娘はまだ中学生なんですよ。それが東京で外泊とは何事ですか。しかも、親はそれをちっとも知らないとはけしからん。そんな親だから子どもも不良になる。もし娘が悪い男に誘拐され、売り飛ばされたらどうします。実際に〝子どもがどこへ行ったかわからない〟と泣きつく親もいます。今はそういう事件が多いんです」

さすがの大室も、ただ謝るばかりだ。勇造も親ではなかったが一緒に謝った。二人ともさんざん頭を下げ、いくつかの書類に名前を書いて判を押して、やっと子どもたちとともに帰途に就いた。

普段、いきがっている民江だが、さすがにうなだれたままだ。芳子は真っ赤に目を泣き腫らし、まだ涙ぐんでいる。

大室は芳子を「伯母さんが待っているからお帰り」と家に送り届け、やっと自宅に戻ると一度だけ民江の頬をパチーンと打った。


それから半年ほどが過ぎたある日、勇造の電話に建設大臣秘書の山元から、「高山先生が伊東の道路を拡幅する計画を検討され始めた」との連絡があった。

「それはありがたい！　どうかよろしくお願いします」

勇造は〝東京に行ったのも無駄ではなかった〟と嬉しくなり、さっそく市長の滝川義人に報告した。

「そうかよかった。これで伊東も発展するな」

市長にそう言われ、勇造は自分の手柄だと誇りに思った。そしてその数日後、また山元からの電話を受けた。

「近く高山先生の講演パーティーを小田原の山三ホテルで開催いたします。伊東の話もございましょうから、ぜひご参加ください。パーティ券は二〇万円ですが、貴方様と大室様は特別会員でございますので、それぞれ二〇名分の会員券の配布もお願いいたします」

つまり、勇造と大室は二〇万円のパーティ券四〇枚を引き受けることになる。

「一人、四〇〇万。二人で八〇〇万か。たいへんな金額だ」

勇造と大室は顔を見合わせた。しかし、これを断ってしまったら、せっかくその気になっている大臣に会いにも行けなくなる。

大室は拳をぎゅっと握りしめ、「男大室、勝負のときです」と、だみ声を張り上げた。「この金はわしが何とかします。手持ちの土地を売るか、担保にして借りればいい。転がすばかりが土地の利用法じゃない。いつものように、先生には連帯保証人をお願いします」

市長に報告して以来、〝高山建設大臣が伊東の道路開発を前向きに検討している〟という話は議会に知れ渡っていた。勇造はパーティ券を買い取ってくれるように近しい議員たちを回ってみたが〝それとこれとは別だ〟と買う者はいない。勇造は一越亭の内部留保を銀行から引き出し、大室が借りた金と合わせてパーティ券代にせざるを得なかった。

「一時的な借金だ。開発さえ進めば伊東は将来も発展し続けられるんだからな」

精一は勇造が店の金を使ったことを知らなかった。

5

「厨房のほう、終わりですか?」

精一がホールに出てくると、日替わりメニューを書き換えている百合が振り向いた。

「あとは洗い物だけだ。助に任せてきた。いやあ、今日は忙しかったな」

「大変ですけど、ありがたいことですね」

「そうだけど参ったよ。親方に手伝いを頼んだの、いつ以来だったかなあ。そういや、親方、どこに行ったんだろ」

「お父さまなら応接室ですよ。先ほど大室さんが見えてご一緒に……」

「大室さんか。最近、よく見えるね」

メニューを書き終えた百合は精一と遅い昼食にしようと奥に向かった。

ところが、汚れた皿や丼が放り出されたままだ。壁際にあるラジオもつけっぱなしで、新興宗教による詐欺事件のニュースを流している。

「変だな。神永井くん、どうしたんだろ」

先月から臨時で来ている料理人で、今し方洗いものを任せた若い男のことだ。丸刈りの頭に鉢巻きをした背の低い男で、初顔だった。

「おトイレにでも行ったんじゃないですか」

「うーん」と精一は渋い顔になった。洗い物を放置して害虫が来ると困る。「仕方ない、俺がやるよ。彼が戻ったら交替するから、昼食の用意をしておいてくれ」

「わかりました」

精一は腕まくりして流しに向かいかけたが、ちょうどそのとき、店の電話がけたたましく鳴った。精一は受話器をとり、努めて明るく「はい、一越亭です」と言った。すると、一瞬の間があり、低い声が精一の名を呼んだ。

「私が精一ですが、どちら様でしょうか」

相手はそれに答えず、「勇造に、あの手紙が盗まれると伝えろ。今すぐにだ」と言って電話を切ってしまった。

「な、なんだよ、勇造って」

つかの間、むっとした精一だったが、すぐに「待てよ」と考え込んだ。「あの声、どっかで聞いたような……」

瞬きほどの後、精一は「幽霊だ」とつぶやいた。〝幽霊が出た〟と言ったあの声。行方がわからなくなったはずの福山膳一の声だった。

「しかし、手紙って何だろう」精一は首をかしげながら応接室に向かった。

このとき、勇造も一本の電話を受けていた。高山大臣の秘書・山元からだ。

「え、衆議院が――」

後に〝電撃解散〟と呼ばれる衆議院解散の予告だった。内々の通知だ。受話器を置いた勇造が大室に内容を伝えた。

「ええっ、じゃ、あのパーティ券は……」

勇造がうなずいた。「選挙資金の一部だな。解散を感知してたんだろう」

「で、でしたら、高山先生には何がなんでも当選してもらわにゃ困る。大金をドブに捨てたようなものじゃありませんか！」

「当選しても、また入閣できるかどうかはわからんぞ」

勇造は大きな力に翻弄される頼りなさを自分に感じた。精一が来たのがこのときだ。

「どうした」

精一が電話の内容を伝えると、勇造の顔色が変わった。

「確かに膳一だったのか」

「名乗りはしなかったけど、まず間違いない。でも、俺には何のことか……」

精一を制した勇造が大室に、「すまんが、急用ができた。今日はこれまでだ」と断ると、与志朗は「明日にでも電話をくださいよ」と念を押して帰っていった。

勇造は手短に正恵の遺書のことを精一に説明し、「悪意のある者なら、旅館の火災の原因は放火だったと考えるだろう」と深刻な顔になった。

「福山さん、脅迫されてるのかな?」

「わからんが、危険を感じたから電話で警告してきたんだろうな」

「その手紙、今、どこにあるんです」

「俺の部屋の……」

そう返事をしかけたとき、廊下からあわただしい足音が聞こえた。現れたのは百合と見知らぬ背広姿の男が数人だ。

「たった今、刑事さんがお見えになって、お話があるそうです」

男のひとりが黒い警察手帳を見せ、部屋に入ってきた。

「いったい何事かね」

刑事が「こちらにこの男がいるはずです」と写真を見せると、精一が覗き込んだ。

「神永井だ。さっきまでいたんですが、姿が見えなくて……。何かやったんですか」

「宗教といつわった犯罪組織の幹部でしてね、盗み、恐喝、詐欺など何でもござれです。こちらにいるという情報をつかんだのですが、盗られたものなどはありませんか」

〝盗み、恐喝〟と聞いた瞬間、精一も勇造もはっと顔を見合わせた。

「俺の部屋だ！」

勇造の私室はめちゃくちゃだった。家具も戸棚もひっくり返され、足の踏み場もない。このとき、開いている窓の外に調理服姿の男が見えた。刑事の一人が窓に駆け寄り、「正面に逃げたぞ！」と叫んだ。

どこかに警察の車が待機していたらしく、いきなりサイレンが鳴り響いた。結局、神永井は一越亭の門近くで取り押さえられ、店先にパトカーや制服警官などが集まって大騒ぎになったのである。

その日の夜、警察の公式発表があり、「一越亭に出る女幽霊を除霊するために侵入した」という神永井の主張が全国ネットのニュースで繰り返し流された。

警察の捜査が終わったあと、勇造と精一はめちゃくちゃにされた部屋で正恵の遺書を捜したが、とうとう見つからなかった。神永井が持ち去ったのか、どこかに紛れてしまったのかはわからずじまいとなった。

衆議院の電撃解散がその数日後のことで、いよいよ総選挙が始まった。当初、〝高山三蔵は安泰〟

と報道されていたが、対立候補の新人・馬場しら子に完敗した。

この馬場はかつて高山の秘書をしていたことがあり、高山が各企業から多額の賄賂を受け取って私腹を肥やしていることを知っていた。それに厭気がさした馬場は秘書をやめ、選挙で「クリーンな政治でよりよい日本を！」と訴え続けて大勝したのだった。

新聞は速報記事のなかで〝高い山を三蔵法師（建設大臣）が白馬（馬場しら子）に跨り登ったが、暴れ馬に振り落とされてもう駄目だ〟などと、ユニークな表現を使って全国の読者を笑わせた。

さらにその数カ月後、高山三蔵は大臣時代の汚職を警察に暴かれることになった。特集となったスキャンダル記事には三蔵の生い立ちまでが書かれている。もともと高山家は庄屋の家系で、広い敷地には古い蔵が三つもあり、昔は小作人の納めた米俵が積み上げられていたという。

これを読んだ人々は「なんだ、蔵が三つで三蔵か」と怒ったり笑ったりした。

家宅捜査当日、蔵の奥の戸を開けた警察が金庫を発見した。三蔵に開けさせたところ、数百枚の金の延べ板が積み上げられていた。記事には〝隠し金はなんと二〇〇億円？〟と大きな文字で見出しがつけられていた。

ただ、汚職の確かな確証は得られず、高山三蔵の罰金は〝一億〟にも達しなかった。ただし、世間からは非難の声が容赦なく浴びせられ、裁判後、三蔵は重病と称して東京の病院に入院した。人々は〝どうせ仮病だろう〟と噂をしたが、そのころ三蔵はすでに脳梗塞で寝たきりになっていた。

やはり天罰は下ったのである。いくら大金を手にしても、高山はそれをもう使える体ではない。貯めこんだ金も、広大な土地も、豪邸も、すべて無駄になった。その後まもなく、三蔵は一人さびしく息を引き取った。

一方、高山の事件を知った勇造は「パーティ券が金の延べ板になっていたのか」と肩を落とした。「道路整備をエサに政治家に騙された。でも、自分だって市議会議員であり政治家だ。正直な政治家になれば貧乏になるだろうが、悪いことをすれば天罰を下される。俺は社会のために尽くし、喜ばれる政治家になろう」

そう自分に言い聞かせてはみたものの、騙された金額が大きすぎた。貧乏になるどころではなく、一越亭のやりくりに目途が立たなくなった。かつての幽霊騒動のあとも厳しかったが、今度はもっと深刻な状態だった。

それに加え、テレビニュースで「一越亭に出る女幽霊を除霊」と全国放送されたことで、忘れられようとしていた幽霊騒動が一気に再燃した。人々は〝やはり一越亭には幽霊が出るのか〟と、まるで心霊スポットのように噂をした。まともな客は寄りつかなくなり、常連客もそのほとんどが姿を消した。勇造が店の金に手をつけたことで逆境に耐える力も弱く、ほどなく臨時雇いの料理人も含めてすべての使用人を解雇することになった。

そしてこの年、バブルが崩壊した。やってきたのは平成の大恐怖時代だ。

突然の金融引き締めで株価が大暴落、地価も大きく下落した。株で大損する者、不動産で破産する者、世逃げをして最低の生活に追い込まれる者さえいた。

大量の不動産に手を出していた大室建設も、多額の借財を抱えて倒産した。社長の大室与志朗は会社の後始末を放り出して姿をくらまし、彼個人の莫大な借金のほとんどが勇造にのしかかった。パーティ券の購入代金をはじめ、与志朗の借金の多くに連帯保証人として判を押していたからだ。

　ここに至り、ついに一越亭は倒産した。勇造自身が不正を働いたわけではなかったが、悪徳政治家や企業家の犠牲になってしまった。

　勇造は金の恐ろしさをまざまざと見せつけられ、精一夫婦や孫たちの行く末を思って胸を痛めた。家族全員があんなに苦労してここまできたのに、なにもかも水の泡になった。

　人手に渡った一越亭の一室で、すっかり老け込んでしまった勇造は「すべてわしの責任だ」と頭を下げて家族にわびた。「ここもあと一カ月で立ち退かねばならぬ」

　精一もがっくりと肩を落としていた。

「真面目に働いてきたのに残念です。でも、親方が罪を犯したわけじゃありません。それに、再建を諦めた福膳旅館と違って、家族が六人もいるじゃないですか。みんなが一致団結すれば、いつか必ず一越亭を再建できますよ」

　精一がそう言い、詩織や百合もそうだとうなずいた。冴子や利矢も同じだ。そして、二人とも祖父母を心配そうに見ていた。

　勇造はそんな家族をもう一度ぐるりと見て、はらはらと涙をこぼした。

「すまぬ。しかし、この店と土地を手放しても、試算ではなお五〇〇〇万以上の借金が残る。わしはこれからのことを相談しに弁護士に会いに行く。そのあと金策にも出てくるつもりだ」

　これも人手に渡ることが決まっている乗用車に乗り、勇造は詩織とともに出発した。

店に残った家族は一越亭の後始末をしながら帰りを待っていたが、その日、勇造と詩織は戻らなかった。そして、翌日もゆっくりと時間が過ぎ、やがて日が暮れかかるころになった。

胸騒ぎをおぼえた精一は百合と相談した。

「あなた、弁護士さんに聞いてみたらどうかしら」

百合の言葉にうなずき、精一は電話をかけたが、先方は〝来ていない〟と言う。精一は思いあまって店の車に乗り、心当たりの場所を回った。しかし、すでにあたりは暗くなっている。精一ひとりが捜し回っても埒があかず、とうとう警察に捜索願を出した。

警察から緊急連絡があったのが翌朝のことだ。話によると、たまたま漁船の船員が陸のほうを見たとき、崖の中腹の枯れ木に引っかかっている自動車を見つけたという。

受話器を置いた精一は、「ナンバーからうちの車らしいが、親方たちはまだ見つかっていない」と状況を説明した。

やがて二台のパトカーが到着し、心配する家族たちを乗せて現場に急行した。近くの海にライオンに似た巨大な岩が横たわっており、その先の道にガードレールのない部分がある。車はそこから転落した。もし太い枯れ木がなかったら、そのまま海に沈んでしまったに違いない。覗き込んだ精一たちはすぐに勇造の車だとわかった。

「うちの車に間違いありません。どうか両親を助けてください」

レッカー車が来て車を引き上げたところ、車内には誰もいなかった。崖下も調べられたが、勇造夫婦の手がかりはない。しばらくして、警官が精一たちのところにやってきた。

「車のドアが開いていたから、海に投げ出されたのでしょう。ただ、このへんは潮の流れが複雑でね、以前、ここから落ちた女性も行方不明のままなんです」

勇造夫婦も行方不明ということになり、翌日から本格的な海底捜査を始めることになった。店に戻る途中、精一は警察から「もしお父さんたちが自殺したとすると、心あたりがありますか」と聞かれた。

「店が倒産した上、借金の保証人になって困っていました。弁護士に相談すると言って家を出たのです」

警官は納得したようだった。

「バブルがはじけたあと、全国的にそういう事例が増えてるんですよ。当面、捜査を続けますが、生存の可能性は低いでしょう。お気の毒ですが、気を強く持ってください」

二人を一越亭に届けた警察は、慰めとも諦めともわからぬことを言って帰っていった。

苦難の始まり

1

勇造夫婦の行方が知れないまま、とうとう一越亭を出る日がきた。百合の父親・栄次と母親・若奈も駆けつけた。当面、精一の家族は百合の実家に移ることになっていた。

「まさかこんなことになるなんて」

若奈は娘を見るなり泣き出し、精一は畳に手をついて頭を下げた。

「申し訳ありません。自分の力不足で、家族を苦しめてしまいました。百合さんを妻に迎え、これ以上の幸福はありませんでしたが、こうなった以上、離縁して私一人で借金を背負います。子どもたちをお願いすることになりますが、借金のない親が育てたほうがいいでしょう」

いきなりそんな話を聞かされ、百合は激しく首を振った。

「馬鹿なことを言わないで！　私が精一さんを好きになって、嫁にもらってくださいってお願いしたんじゃないの。私は精一さんのお嫁にしていただいたのよ。だから本当に幸せだった。どんな苦労があろうと、最後まで精一さんについていきます」

栄次と若奈は顔を見合わせ、困ったような表情になった。

「とにかく家に来なさい。荷物は後から送るようにするから」

実のところ、百合の両親は初めから離縁させたいと思っていた。だから、久能に移った翌日、栄次は精一の言葉をそのまま繰り返して娘を説得した。若奈も同じ気持ちだ。

「百合、お前と子どもの面倒は見るから、精一さんの言うとおりにしなさい。それにお前はまだ若いから人生の再出発もできる。そうしたほうが精一さんの重荷にならないし、互いに楽になる。子どもたちのことも考えてみろ。来年、冴子は高校、利矢も六年生だ。大事な年頃ではないか」

精一の頭の中は真っ白だったが、とにかく百合と子どもの将来のことを考えたかった。この家に居場所はないし、自分だけならどうなってもいい。だから、精一も離縁の話を繰り返し、百合の返事を待たずにその両親に再び頭を下げた。

「ご迷惑をかけることになり、申し訳ございません。百合と子どもをお願いします。今日、私は非難され罵倒されるだろうと覚悟していました。それなのに、優しいお心遣いをありがとうございます」

栄次も若奈もほっと安堵し、「精一さん、百合が好いたのもわかるが、今となってはどうしようもない」と答えた。そのまま、子どもたちの転校の話が進み、百合の兄夫婦たちもやってきてイチゴの話になってしまった。すでに話し合いは百合を置いてきぼりにしてしまい、百合が反論できる余地などない。

「わかりました。皆が賛成だというなら、私は精一さんと別れます」

その夜、一人で客間にひきとった精一は正座して目を閉じた。最終的に借金の合計は勇造の試算以上の額となった。その何割かは支払い期日を過ぎており、やむを得ず百合の両親が二〇〇万円あまりを立て替えてくれた。それでもなお、精一には四〇〇万円ほどの借金が残されている。が、身一つになった今、返済するあてはない。

やがて精一は目を開き、栄次にあてた手紙をとりだして小さな座卓の上に置いた。布団の用意がしてあったが、眠るつもりはない。未明に久能の家を出ようと考えていた。

「さらば静岡よ、家族たちよ。百合、冴子、利矢——」

東の空がやや白むころ、精一は少ない荷物をまとめて家を出た。といっても、行くあてなどはない。それならいっそ知らない土地に行ってみようと、精一は駅の窓口で新大阪までの切符を求めた。

悄然と改札に向かいかけた精一だったが、背後から聞こえた〝今のと同じ切符を〟という声にぎくりと立ち止まり、振り向いた。

「私も連れていってください」別れたはずの妻がいた。

精一は呆然としながら「なぜここに」とつぶやいたが、そのかすれた声は駅のアナウンスに消されてしまった。

「私は精一さんのお嫁さんよ。連れていってください」

百合が重ねて言うと、精一はうなだれて首を振った。

「だめだよ。その話は昨日したはずだ。子どもたちを放っては行けない」

「久能の両親がいてくれるわ。冴子も利矢も、きっとわかってくれる。私こそ、一人になっては生きてはいけない。あなたもでしょう？」

百合が涙ながらにすがりついたとき、下り一番列車を案内する構内放送が始まった。


そのころ、日高栄次は精一が残した手紙を読んでいた。

「一人で行ったのか。身の振り方を話し合おうと思っていたが……」

すると血相を変えた若奈が駆け込んできた。

「あなた！　百合がいません」

「なんだと！」栄次は思わず仁王立ちになった。

若奈が差し出したのも一通の手紙だった。ただし、冴子と利矢にあてたものだ。

〈冴子、利矢、ごめんなさい。お母さんは精一父さんについていきます。私はお父さんの妻だからです。お父さんがもし病気にでもなったらと考えると心配で、とても一人にはできません。あなたたちは久能の家でよい子にして待っていてください。必ず迎えにきます〉

二人はその場に座り込んでしまった。

「あれだけ話し合ったのになあ。それほどまでに精一を好きだったのか」

若奈は捜索願を出そうと言ったが、結局、栄次は娘夫婦を探さないことに決めた。ただ、気がかりは、突然両親から離れてしまった子どもたちの気持ちだった。

案の定、利矢は手紙の内容を知ると寂しがって泣いた。だが、冴子は気丈にふるまい、弟の慰め役になった。栄次は、当面、冴子に弟の面倒を見させることにした。

その日、精一と百合は大阪に着き、最初の日は安宿に泊まった。翌日、部屋に百合を残し、精一は何か仕事を探そうと街に出た。しかし、借金を背負った住所不定の男を気軽に雇う者はいない。さんざん苦労した末、住み込みの料理人を募集している店を見つけたが、すぐに追い出されてしまった。店主は精一が関西弁を話さないことが気に入らなかったのである。

半月もしないうちに手持ちの金がなくなってきた。二人は近くの公園のベンチに腰掛け、空を見上げた。

「そのうち食事もできなくなる。百合、今からでも……」

「私、後悔していない」百合は精一に最後まで言わせなかった。「精一さん、地獄の果てまで付いて行きます。とにかく何でもやってみれば、きっと道はひらけるわ」

そうこうするうち、その公園にダンボールハウスをつくっている七、八人のホームレスたちと知り合いになった。驚いたことに、みんな東京弁を話す。その誰もが決して世捨て人ではなく、むしろ必死に生きながら、寂しさや悲しみを押し殺し、大きな苦悩に耐えていた。

やがて彼らの一人から「一緒にダンボール集めをやらないか」と声をかけられ、精一と百合は古いリヤカーを引っ張るようになった。集めるのは古新聞やダンボールなどの古紙や空き缶、ビール瓶などだ。

「ほかの公園にも似たような連中がいるし、集めていい場所とそうでないところがあるんだ。縄張りみたいなもんだが、ほかの奴らも基本的に仲間だよ」

ホームレスたちは効率よく集められる場所と時間を教えてくれた。精一と百合は一日、教わったとおりに働き、小銭ばかりではあるが二〇〇〇円あまりを手にした。

「これで今日のご飯を食べられる。お金とは何とありがたいものか」

二人はその金を不思議な感動とともに見つめた。

ホームレス生活となると、百合も化粧どころではなくなり、あれほど人目を引いた美貌も汚れに隠された。リヤカーの後につく黒い顔の女に見向きする者はいない。もし彼女を知る人が見たら、「落ちぶれたものだ」と嘲笑うだろう。

それでも百合は文句一つ言わなかった。お金がすべてではない、愛する人のそばにいて、互いに信頼し合っているからこそ幸福に生きていけると思った。だから、いつかまた、きっといい時が来ると信じていられたのである。

「冴子よ、利矢よ。お父さんもお母さんも、今は惨めな格好をしているけど頑張っている。いい時が巡ってきて、幸せになればまた逢える。それまで待っていて！」

狭いダンボールハウスで身を寄せ合い、二人は子どもたちのいる久能のほうに向かって手を合わせるのだった。

次の春、冴子は従姉妹の弥絵とともに久能高校に入学した。弥絵は百合の兄・悠介夫妻の娘で、冴子と同い年だ。久西小学校に転校した利矢は中学生になった。

日高の家では百合からの連絡を心待ちにしていたが、未だ何の音沙汰もない。〝どうか元気でいてほしい〟と願いながら過ごす日々が続いた。この日高家はイチゴ農家だったから、家族がビニールハウスでイチゴを栽培している。主に働いているのは悠介とその妻・茂子だ。冴子や利矢から見れば伯父と伯母にあたる。悠介はやさしい男で、冴子や利矢をわが子のように可愛がった。

ただ、血のつながりのない茂子にしてみると、「自分の子ではないのに」という感情もあった。二人とも娘と同じように費用がかかるからだ。経理を担当している茂子にとって、これは一種の〝損失〟だった。

一方、冴子とともに高校に通う弥絵は「あの綺麗な子、あたしの従姉妹よ」と友人たちに従姉妹を自慢するようになった。なにしろ、冴子はすらりと背が高く、華やかな顔立ちをしている。成績は抜群だし、運動神経もいい。バレー部に誘われると、すぐに頭角を現した。

しかし、冴子は家の仕事を手伝うため、ほどなくして部活動をやめた。いつのころからか、仕事の手伝いをしないと茂子の機嫌が悪くなることに気づいたからだ。農作業を嫌いではなかったし、頭のいい冴子は仕事を覚えるのも早かった。苦労の末に実を結んだ真っ赤なイチゴを見るのも励みになった。

久能のイチゴは石垣イチゴといい、ハウスの中に石を積み、段差を付けたところに土を入れて栽培する。冬の間、石が太陽の熱を吸収して夜でも温度を下げず、イチゴを健康に生育させる。粒が大きく、糖度も高く、肌もつやつやと美しい。久能のイチゴといえば全国的に知られており、昔から東照宮にお参りする人が帰りがけにイチゴ狩りをした。

茂子は、冴子が手伝うと仕事がはかどると言って冴子を頻繁に使った。一方で大変な仕事と知っている弥絵はあまり手伝おうとしない。ある日、仕事が一段落すると、冴子は利矢を呼んだ。やっと中学に上がったばかりだが、姉と同じように背の高いほうだ。よく精一に顔立ちが似ていると言われるが、冴子は祖父の勇造に似ていると思っていた。

「ねえ、東照宮にお参りに行ってみない?」

「うん。一度行ってみたかった」

「あら、だったら言えばよかったのに」

「だって……。お姉ちゃん、働いてばっかりだし」

普段の利矢は子どものわりに寡黙で、あまり目立たぬタイプだ。

「じゃ行こう。お父さんとお母さんが早く帰りますようにって」

「そうだね。お姉ちゃんと行けるなんて嬉しいな」

二人は東照宮に続く長い階段を登り始めた。

「凄く高いね。この階段、全部で何段あるか数えてみようかな」

珍しく利矢がはしゃいでいる。つづら折りの石段の一つ一つには黄色や薄茶色に苔が付いていて、長い時の流れを感じさせる。途中から下を見ると駿河湾が見えた。波打ち際の白い波が綺麗だ。伊豆半島もかすかに見えている。故郷を懐かしみながら階段をのぼった。

「よくこんな急なところに石段を積み上げたものよね」

二人はやっとのことで境内に着いた。

「まあ、こんなに綺麗だったのね」

社殿の色彩は豊かだし、幾種類もの鳥や動物の絵が調和している。実に豪華だった。

二人は本殿に向かい、「どうか父と母が無事で帰って来てくれますように」と祈った。

利矢も真剣にお辞儀した。

「家康さまは聞いてくれるね」

「そうね。聞いてくれると思うわ。そうだ、この奥には家康さまのお墓があるんですって。お参りしよう」

利矢は「貧乏でもいい、父さんや母さん、お姉ちゃんと四人で暮らしたい。お願いします」そう言ってお参りした。「たくさんのお金なんてなくてもいい。本当の幸福って、家族が揃って仲良く暮らすことなんだね」

「そうよ。それがいちばんの幸せよ」

境内をめぐると、家康公の手形があった。

「大きいなあこの手形。お姉ちゃんのはどう?」

冴子が手を見せると、利矢はにっこりした。

「へええ、お姉ちゃん、家康公の手と同じくらい? きっと家康公みたいに出世するね」

「そんなことはないよ」

利矢は空に浮かぶ白い雲を見上げ、「今頼れるのは、お姉ちゃんだけだ」と言った。

冴子も空を見上げ、「そうよ、私も利矢だけだよ」と答える。

「よかった。こんな優しいお姉ちゃんで」

二人は肩を並べて歩き出した。

「利矢、友達はできた？」

「大勢できたよ」

「友達は大事にしないとね」

「うん。みんなが〝利坊〟って言って仲よくしてくれる」

「それが何よりだわ」

日本は平和だ。すばらしいことだが、平穏な時代が続くと皆が欲を出すようになって失敗する。冴子は〝もうお金のことなんて、考えるのも嫌だ〟と思った。

「東照宮、すてきなところね。いい運動にもなるし、景色もいいし、心が晴れ晴れする。第一、家康さまがいて、願いを聞いてくださる。こんなところに住めば、誰もがいい人になるわ。利矢もいい人になるのよ。そうだ、大きくなったら何になりたいの？」

「パイロットかなあ。大空を飛んで世界中を渡り歩く」

「いいね。私は中学の先生。なれるかどうかわからないけど、勉強しようね」

「頑張るよ。ところでさ、ここの石段の数わかる？　僕、数えきれなかったよ」

「お姉ちゃんは知っているよ。一一五九段」

「ええっ、ちゃんと数えてたの」

冴子がおかしそうに笑った。

「違うよ。本殿の横にあったパンフレットよ。ほら、〝いちいちごくろうさん〟って書いてあるでしょ」

「そうやって覚えるのか。でもよかった。お姉ちゃんとこんなに話をしたのも久しぶりだったよね」

「私も利矢を好きよ。世界で二人しかいない本当の兄弟だものね」

仲のいい二人は笑いながら久能山を下りた。

久能街道にはイチゴ農家が並び、大きな駐車場を持つ農家には大型バスでイチゴ狩りのお客が来る。お客たちはハウスに入って自分で摘み取り、その場で食べる。たいていは料金ほど食べることはない。農家にしてみれば、イチゴをとる手間も省け、土産も買ってもらえるから、なかなかいい商売となる。

しかし、日高の家は久能街道より北の奥まったところにあり、大型バスも入れない。どうしてもお客が少なくなるので、バイパスで旗を振ってお客さんを呼び込む必要があった。そこで、冴子はイチゴ園のイメージをよくしようと考えた。

「日高だからお日様が高いという意味でしょ。〝お日様イチゴ園〟としたらどうかしら」

白い生地にお日様の絵を描き、お日様イチゴ園と書いた。お日様には目や鼻、口があって笑っており、愛嬌があった。

「いいアイデアだなあ」栄次と悠介は冴子に感心し、大賛成をした。「やはり若い子は考え方が違う。これからそうしよう」

さっそくバイパスに出て旗を振ると、いつもよりたくさんのお客が立ち止まってくれた。

「まあ可愛い子ね。そのイチゴ園はどこにあるの」

驚くほどのお客が入るようになり、悠介も茂子も上機嫌だ。栄次と若奈は内心でほっとしていた。実際のところ、息子夫婦に仕事を任せきりになっており、それなりに気を遣っていたのである。


日高のイチゴ園が収穫期を迎える少し前、大阪の精一の前に初老の男が現れ、一通の封書を差し出していた。男の身なりもホームレスそのものだが、サングラスをしていて表情がわからない。汚れひとつない封書が白く光って見えた。

「一越さん、これを持って職安に行くといい。旅館を紹介してくれるだろう。腕のいい料理人を探している。社員寮もあったはずだ」

精一は男の声を聞いたとたん、立ちすくんだ。

「まさか、福山さん?」

線の細かった昔の福山膳一とは何かが違う。惨めな格好をしているのに、重々しい圧力のようなものを感じる。

「お互い、不幸な目に遭いましたね。お宅は政治家と企業家に騙され、私も宗教をかたる犯罪者に騙された。私たちがここで巡り会ったのも何かの縁でしょう」

「しかし――」精一は思わず受け取った封書をまじまじと見た。

「その旅館の主人は古い知人ですが、私はこちらの居場所を教えるつもりがない。職安の上のほうに知った者がいるので、形式上そこを通すよう命じてあります。ま、正規の手続きとは言えませんがね」

それだけの人脈や力があるならなぜ……と精一は聞きたかった。しかし、目の前の福山にはそうさせない雰囲気がある。そこに精一の仲間たちがリヤカーを引いて戻ってきた。福山を知っているらしく、まっすぐ集まってくる。精一はまた驚愕した。

仲間たちは合掌して頭を垂れ、福山を「教祖様」と呼んでうやうやしく見送ったのである。

2

冴子と弥絵は高校二年生になった。当初は冴子と仲のよかった弥絵だが、学年トップの成績を続ける冴子と比較されるようになると、徐々に口を利かなくなった。茂子や悠介もことあるごとに「冴子を見習え。もっと勉強せよ」とやかましく言う。

弥絵にしてみれば愉快ではない。一人娘だと両親からちやほやされていたのに、冴子が来たとたんに叱られるようになった。

甘やかしていた両親もいけなかったはずだが、同い年の冴子を見るうち、「血のつながりがあるのに」と遊んでばかりいる弥絵にあきれてしまったのである。

ある日、弥絵は友達を何人も呼んで勝手にイチゴ園に入り、みんなで摘んで食べていた。もちろん、これが初めてではなく、親には内緒で素知らぬ顔を決め込んでいた。ただ、この日は冴子がその現場を見ていた。

「イチゴ狩りのお客さんが来るの。そろそろ予約の時間になるから止めてください」

しかし、弥絵は動こうとしない。

「なんだ、あんた居候じゃないさ。こっちは跡取り娘よ。文句があるなら家から出てけ」

冴子は突き刺すような暴言になんとか耐えた。

「でも、お客さんあってのイチゴ園よ。それで生活できているわけでしょう」

理屈と感情がぶつかり合い、二人は初めて口げんかをした。

翌日、学校に行くと、イチゴ園に来ていた女生徒たちが冴子に謝ってきた。

「昨日はごめん。でも、大変ね。仕事を手伝っているんだって？」

「ええ、私の家が倒産して弥絵さんの家に住まわせてもらっているの。だから仲良くしたいと思っているんだけど……」

「偉いね。手伝いもして、勉強もできて、優しいし、美人だものね。私なんか何もできないわ。ねえ冴子さん、将来、女優さんになるといいわよ。私たち応援するわ。『一越冴子を女優にする会』ってどう？」

「私はイチゴ園の女でいいの。それより困ったわ。弥絵さんを怒らせてしまった」

「平気よ。あの子、すぐにカッとなるけど、すぐに忘れてしまうわ」

冴子は同級生に励まされて嬉しくなり、手伝いもいっそう頑張ろうと思った。食費や学費など、すべて日高の家に出してもらっている身だ。自分の分と利矢の分、それだけ農家の収入をよくしなければ申し訳ないと思っていた。

ただ、近所には、「確かにあの子は偉いけど」と眉をひそめる者もいる。

「なぜあんなに働かせるんだろう。血のつながった姪っ子じゃないか。困ったときに面倒見るのは当たり前だろうに、体でも壊したらどうする」

かつての久能街道は東照大権現のおかげで潤っていた。徒歩の旅行者や参拝者の往来が盛んで、東照宮の門前には土産物屋が軒を連ねて大賑わいだった。ところが、今ではロープウエーができた。観光客は日本平に車で乗りつけ、富士山を見たあとに楽々と東照宮に往復できるのである。おかげで門前の客足はぐんと減った。変わったものだ。

お日様イチゴ園はそんな久能街道にあったが、勝気な茂子は、「何とか売上を伸ばしたい。大きい業者の半分でもいい。何かいい方法はないか」とかねてから考えていた。すると、美人で愛想のよい冴子が呼び込みを始めたとたん、驚くほど売上が伸びた。

「だったら、もっと目立つようにすればいいわけよね」

茂子は思案の末、毎日、夜なべでミシンに向かった。

まず、赤い生地を使い、イチゴの形の着ぐるみを作った。ちょうど細身の女の子が入れる大きさだ。てっぺんに頭を出す穴を開け、下に足を出す穴も開けた。これに種の模様を縫いつけると、巨大なイチゴになった。仕上げとして、へたの形にした緑色の帽子をつくり、白いタイツも買った。お日様の旗を業者に作らせたら完成だ。

力作を眺める茂子は、「こんなによくできた。いいアイデアだわ」と自画自賛した。「これなら絶対に目立つ。お客も増えて売上もグーンと上がる」

次のイチゴのシーズンがやってくると、茂子は冴子を呼んだ。

「これを着て呼び込みをしなさい。顔をおしろいで真っ白にするのよ」

確かに冴子は頑張って仕事の手伝いをしようと思っていた。だが、その着ぐるみと白い化粧はあまりにも衝撃的だった。

「伯母さん、それだけは堪忍して」

「何を言うの。私が夜なべして作ったのよ。これなら、ぜったいに売上を伸ばせる」

「許してください」

冴子だって十七歳の乙女だ。捨てろといわれても、そうできない自尊心というものがある。

「多額のお金を貸してあることを忘れないでね」

ここで茂子は借金の話を持ち出した。「借金があるのに、あなたの親はどこかに逃げていった。その上、二人の子どもの面倒まで見させて、連絡もないじゃない」

その翌日、冴子は顔を白く塗り、イチゴの着ぐるみ姿で寒空の下に立った。お日様イチゴ園の旗を振り、「お日様イチゴ園です、イチゴ狩りです」と客を呼ぶ。

近所の同業者たちが「かわいそうに、あんなことまでさせて」とあきれて見た。

ただ、巨大なイチゴは確かに目立った。珍しいといって客も来てくれた。売上も茂子の思惑以上にぐんと伸びたのである。

次のシーズンにも冴子は同じ格好で街道に出た。去年、巨大イチゴを見た客がまた来て、その話を聞きつけた新規の客もやってくるようになった。茂子の作戦どおりだ。

そんなある日、外車に乗った品のいい中年の紳士が家族を連れて、車から降りた。中学生くらいの男の子が冴子を見て、「おもしろいね。こんな人形が欲しいな」と顔を覗き込んだ。

「あれ、なんだ人間だよ。どうして泣いているの？」

すると兄らしい二十歳ほどの青年も冴子の顔を見て、「女の子じゃないか」とつぶやいた。おもしろがっている様子ではない。じっと冴子の頬を伝う涙を見つめている。

「お嬢さん、お名前はなんというのですか」

答える冴子のふるえ声を聞くと、青年は気遣わしげな表情になった。

「まだ高校生ぐらいでしょう。そんな格好でいるのはつらいね」

「いえ、仕事ですから」冴子は目を閉じて首を振ったが、本当は青年の言葉が嬉しかった。

「あなたのイチゴ園はどこですか」

「ご案内いたします」

お日様イチゴ園に着くと、青年が名刺を差し出してきた。

「父の会社です。もし東京に来る機会があったら寄ってください」

〝大富士建設株式会社　代表取締役社長　藤山盛雄〟

冴子も知っている大きな会社だった。

イチゴ狩りをした藤山一家は「とても美味しかった」と褒め、みやげに欲しいと一〇箱も買ってくれた。驚いた日高の家族が総出で見送りに出た。

別れ際、先ほどの青年が冴子に近づき、「あなたはこの家の娘さんですか」と尋ねた。

「いえ。事情があって、伯父さんの家で世話になっています」

「そう、お日様イチゴ園の一越冴子さん。またお会いしましょう」

その日、冴子は売上の大幅増で上機嫌の茂子から珍しくボーナスをもらった。袋を開けると二万円ある。半分を利矢に渡し、冴子は〝お金のためか〟とつぶやいた。

「あんな着ぐるみにも慣れた。私はもう人間でも女でもない。滑稽な客引きだ」

一方で栄次は着ぐるみに反対だった。若奈と〝百合が見たらどれほど嘆くか〟とよく話す。悠介夫婦に遠慮もあったが、「若い娘なんだから、もうこんなことは止めよう」と言うこともあった。しかし、茂子は首を縦に振らない。

「こんなにお客が来ているじゃありませんか。止める必要なんてありません」

イチゴ狩りのシーズンも佳境に入ったある日、冴子の背後から耳をつんざく爆音が轟いたかと思うと、一六台ものバイクが蛇行しながら通り過ぎた。ところが、その集団が急に速度を落とし、一〇〇メートル先でUターンし、戻ってきた。

「何ごとだ。暴走族だぞ」と一帯のイチゴ業者が見ていると、オートバイの連中は冴子の近くまでやってきた。先頭は集団のリーダーらしい。黒い革のジャンパーに身を包み、赤く染めた髪をモヒカン刈りにしている。タンデムシートの女が〝鬼面党〟と書かれた旗を持ち、背に同じ文字のある黒い半纏を着ていた。

「なんだ、このでかイチゴは！」大げさに叫んだ赤モヒカンの男だったが、白い顔を覗き込むと細い目をさらに細くした。「へええ、けっこうマブイ女だな」

暴走族に囲まれた冴子は怖くて声も出ない。

「てめえら、食いたきゃイチゴでも食ってろ。――でかイチゴ、案内しな」

一〇人くらいがハウスでイチゴを食べ、見つからないようにビニール袋にも入れ始める。最後に適当な額の金を置き、「また来るからな」と言って走り去った。

そのハウスに入った悠介夫婦は仰天した。赤いイチゴがほとんどなく、ハウス全体がひどく荒らされていた。

「なんてことをするんだ。しかし、暴走族がなぜ……」

鬼面党は次の日曜にもやってきた。この日はリーダーの後ろに乗っていた体格のいい女が冴子に近づいてきた。

「あれえ、このアマどっかで……。ああ、お前、冴子だろ」

いきなり名前を呼ばれ、冴子は驚いた。思わず女の顔を正面から見ると、とたんに昔の記憶がよみがえった。

「忘れちゃいねえよな。中学の先輩、民江だよ」

大室与志朗の娘だ。会社の倒産と同時に姿を消したはずだった。どぎついメークをした民江は馴れ馴れしく冴子の肩に手をかけ、斜に構えて顎をしゃくった。

「なあ、アホな着ぐるみ脱いで仲間になれよ。面白いぞ。バイクを飛ばすと、皆よけていく。マフラーなしだと胸にキュンとくる音が出るぜ。なあ、リーダーがお前を気に入ってんだ。だから仲間に入れ。悪いようにはしねえよ」

「私はまだ高校生です。勉強しているの。仲間には入れません」

「そんな格好してよく言うわ。中学じゃ、あたいの後輩だったくせに。言うことを聞かないと、毎週来てやるからな」

一六台が爆音を轟かせて久能街道を走り出す。ラッパを鳴らし、旗を振り回して細い道を蛇行していく。毎週これでは住民はたまらない。一般の車も歩行者も危なくて近寄れない。近隣のイチゴ農家にとっては深刻な問題だった。

「暴走族が通ってくるようじゃ客が寄りつかない。商売どころではなくなるぞ」

近所どうしで集まって相談し、警察へ連絡することにした。しかし、いつ来るかわからないのでは取り締まりも後手に回る。やがて久能の自治会も会合を開いて対策を協議した。

「このままでは死活問題です。何かいい対策はありませんか」

「暴走族の目的はでかイチゴなんだろう？　なら、日高さんに言って、でかイチゴをやめてもらおうや」

多くが賛成したが、一人が手を挙げた。

「そりゃいいが、でかイチゴをやめただけで奴らは来なくなるのか？」

「そう簡単にはいかんだろうな。冴子さんを仲間に誘ってるらしいから、いつまでたっても終わらないんじゃないのか」

「そうは言っても、でかイチゴをそのままにはできん。やめてもらおう」

「やめても奴らが来たら、そのときはどうするんだ」

話し合いはどうどう巡りになり、結局、数人の代表者が日高家に意見を伝えに行くことになった。彼らは非難しに来たわけではなかったが、結果として悠介は追い詰められた。もはや売上がどうのこうのと言える立場ではない。

「すいません。とにかく、あのでかイチゴはやめます」

悠介はそう約束したが、代表者たちから根本的な解決を迫られた。

「日高さん、悪いがそうしてくれ。しかし、問題は奴らの目的がでかイチゴというより、冴子さん自身だということなんだ」

代表団と日高家の話し合いもどうどう巡りとなり、それが夜遅くまで続いた。

これが冴子の耳に入らないはずもない。〝何もかも自分のせいだ〟と頭を抱え、その夜は一睡もせずに悩み抜いた。日高家には親の借金どころか、自分と利矢も世話になっている。だから真面目に仕事の手伝いもした。いったんは売上も増え、やっとこの家に自分の居場所ができるかと思ったのに……。

「私はただの厄介者。このままいると、周りの人たちに迷惑をかけるばかりだわ」

今、冴子は十八歳、高校三年生だ。卒業までには少しあるが、もうそんなことは言っていられない。

「仕方ないのね」冴子は悄然と決心した。

歴史は繰り返すというが、母の百合も同じ年ごろで高校を中退している。でも、それは最愛の人に巡り会ったからだ。そして、今もその人とともにいる。

「なのに私は――」冴子は暗い部屋のなかで、何時間も嗚咽の声を押し殺していた。

翌朝、冴子の不在に気づいたのは弟の利矢だった。いつも早起きの姉がいっこうに姿を見せず、心配になって見に来たのである。彼が見つけたのは姉ではなく、一通の置き手紙だった。別れの手紙の冒頭には日高の家族全員の名があり、〝長らくお世話になりました〟という言葉から始まっていた。

〈……私はこの家を出ます。皆さまが仰るように暴走族の目的は私です。彼らのなかに昔の知り合いがいて、私に仲間に入ってリーダーのものになれと無理強いしているのです。私が日高の家を出る以外に解決策はありません。私はどんな苦労にも負けないつもりです。いつか、皆が幸福になり、立派になってお目にかかれるといいと思います。利矢のことをよろしくお願いします。元気でやりますから、私を探さないでください〉

利矢も日高の皆も愕然とし、なかでも茂子は相当な衝撃を受けた。

「私、間違ってました」

吐き出すようにそう言うと、両手で顔を覆って泣いた。

「お金のことしか考えてなかった。冴子さん、どうか変なことを考えないでちょうだい。酷いことをしてごめんなさい」

悠介は迷わず捜索願を出した。すると、それを知った自治会の面々があわててやってきた。

「すまないことをした。冴子さんを責めるつもりはなかったが、結果としてそうなってしまった。でも、あれほどよく働く娘さんを見たのは初めてだ。愛らしい顔だちで頭はいいし優しいし、褒める人はいても悪く言う人などおらん。自治会としても、早く帰ってきてくれるよう祈るばかりだ」

悠介は「ご心配をおかけして申し訳ありません」と頭を下げた。

「家族みんなで東照大権現様にお参りしまして、お願いしてきました」

悠介とともに栄次も頭を下げ、東照宮で求めたお守りをぎゅっと握りしめていた。

3

日高の家を出た冴子が向かったのは、一度行ってみたいと思っていた東京だった。政治、経済の中心、日本の首都なら何か得るものがあるだろうと考えた。ただ、お金がないので普通電車を乗り継ぐことになった。列車待ちの時間が長い小田原では途中下車もした。

街を歩いてみると、ここが蒲鉾《かまぼこ》の産地だとわかった。有名な名物のある街は繁栄している。また、名古屋の菓子だと思っていた外郎《ういろう》の発祥地でもあるという。天下の名城・小田原城も見た。

「世の中は広いのね。知らないことがいっぱいだわ。いろいろ見て、体験しなきゃ。日高の家でイチゴの栽培や販売を勉強したように、新しいことに挑戦したい。家を出たことをよい機会だと考えなくちゃね」

冴子は再び列車に乗り、東京に向かった。

「そうよ、辛いから出たんじゃない。人生の修業の通り道よ。これからもっと苦しい、大変なことが待っているかもしれないわ」

やっとのことで東京に着くと、さすがにどっと疲れが出た。無理もない、一睡もしないまま明け方に家を出て、それから何一つ食べていない。駅のベンチに座り込むと、ほどなく眠り込んでしまった。

意識のない冴子の前を都会の人々が通りすぎる。スーツ姿の男性やツンとすましたＯＬ、肩で風を切る若者たち。冴子を気にする者は一人もいない。

どのくらい経っただろう。ふと気づくと「もしもし」と声が聞こえる。はっと起きたら、目の前に品のよい四十代なかばくらいの婦人が立っていた。若くはないが、凛とした美しさがある。

「あなた、こんなところで寝てると悪い人に連れていかれますよ。どこから来たの」

婦人はまっすぐに冴子の目を見た。

「は、はい、静岡です」冴子は思わず背筋を伸ばした。

「家出したんじゃないの？　そうでしょう」

図星をつかれ、冴子は黙ってしまった。気づけば、駅の外には夕闇が迫っている。

表情を緩めた婦人は「お腹が空いているんでしょう」と微笑み、手にした紙袋からラップに包まれたサンドイッチを出した。

「遠慮は無用。お食べなさい」

「……あ、ありがとうございます」

答えるより先に手が出てしまっていた。

「もう夜になるわよ。これからどうするの。あてはあるの？」

冴子は首を振った。

「あらあら、度胸のいい子ね。――仕方ない、私の家に来なさい」

婦人もベンチに腰かけ、家出娘が食べ終わるのを待った。

「わたしは小柳小春。小料理屋『小春』の女将よ」

ほかに行くあてのない冴子はぺこりと頭を下げた。

小春の店は宵の口に開き、夜遅くまで営業する。疲れきっていた冴子は先に休み、翌朝まで目を覚まさなかった。その日の午後、客のいない店内で二人はお茶を飲んでいた。

「とにかく、あなたのご両親に連絡しますよ、いいわね」

小春はそう言ったが、冴子の答えに驚かされることになった。

「両親はいません。どこに行ったかわからないんです」

「なんですって！　どういうことなの？」

冴子は一越亭の倒産と行方不明の祖父母の事、そして両親の失踪までを話し、最後に自分が家を出た理由を説明した。

小春は淡々と話す冴子を見ながら、溢れそうになる涙を何度もぬぐった。

「若いのにそんな苦労をねえ。事情はよくわかりました」

小春は冴子に近づき、「ここにいればいいわ」とやさしく肩に手を置いた。

「あなたがいたいと思うだけいればいい。わたしは独身だし、いてくれれば寂しい思いもしない」

「ありがとうございます。私、嬉しい」

「ただし、まだ高校生なんだから、夜の店には出ないこと」

うなずいた冴子だったが、数日するうち時間を持てあまし始めた。静岡では高校から帰るとイチゴ園の仕事が待っていた。イチゴ狩りのシーズンだと目の回るほどの忙しさだ。そんな毎日に馴れていた冴子だったから、何もしないとかえって疲れてしまうし、気持ちも落ち着かない。小春にそう言い、店の掃除をしたり皿洗いをしたりと働き始めた。

しかし、小春は頑としてそれ以上のことをさせなかった。


そのころ、日高の家では茂子に非難が集まっていた。近所の人々も面と向かっては言わないが、「冴子さんにあんなことをさせて……。大人でも嫌なことだよ。それを、自分の姪になんてひどい仕打ちだ」などという声があがっていたのである。

茂子自身も思いやりの足りなかった自らを責め、「どうか無事でいて」と、毎日のように東照宮に行って祈っていた。

そんなある日、電話に出た悠介が真っ青になった。相手が〝一越精一〟だと名乗ったからである。

「長らくご無沙汰しまして、申し訳ありませんでした」

「精一さん、あの……」

「冴子と利矢を預かっていただき感謝の言葉もありません。ありがとうございました」

「い、いや、そんな」額の汗をぬぐい、悠介はやっと声を絞り出した。

「私ども、実は大阪のほうにおります。初めは職も住むところもありませんでしたが、今は百合と二人、浪越という旅館で働いています。社員寮がありますので、近々子どもたちを引き取りにお伺いします。これまで迷惑をおかけいたしました」

「それが」悠介はまた汗をぬぐった。

「冴子は旅行に行ってまだ帰ってないんです」

とっさに嘘をついた。〝家出をして失踪した〟とはとても言えなかった。

「ああ、旅行に。いつ戻る予定でしょうか」

「ええと、それがまだわからない」

「……では利矢と話してもいいでしょうか」

「あいにく利矢もいないんだ」

一呼吸ほどの沈黙があった。

「そうですか。では、冴子にこちらへ連絡するよう伝えてください」

「わかりました。電話番号をメモしておきましょう」

大阪では精一が首をかしげながら受話器を置いていた。

「子どもたちは元気でしたか?」

その夜、仕事を終えた百合はまず第一にそう聞いたが、事情を知るとがっかりした。

「まあ、近いうちに連絡があるだろう」

精一は高齢で引退した板前に代わり、この浪越旅館の料理長となっていた。百合もまた仲居として働いている。二人とも忙しい日々を送りながら連絡を待っていたが、いっこうに電話はかかってこない。

「どうなっているのかしら。まだ旅行から戻らないなんて変よ」

今度は百合が電話をかけた。ところが、いくらかけても話し中の発信音ばかりだ。

実は、通話できないようにしたのは悠介だった。栄次は反対したが、「冴子はすぐ見つかる。戻ってから電話しよう」と受話器を外していたのである。

さすがに精一も百合も様子がおかしいと気づき始めた。精一は百合に、「お前、休みをもらって実家に行きなさい」と言った。精一は料理長という立場上、簡単には休めない。

数日後、精一はやっとの思いで貯めた一〇〇万円を百合に持たせ、借りた金の一部として置いてくるよう送り出した。もちろん、子どもたちを連れて帰るつもりだ。

百合は久しぶりに日高の家に戻った。迎えたのは父の栄次である。

「お父さん、ご無沙汰しておりました。勝手なことをしてごめんなさい。子どもたちも長らく世話になりました」

百合は感謝の言葉とともに深々と頭を下げたが、栄次はそれを途中で止めた。

「実は困ったことになってな、冴子がいなくなったんだよ」

薄々何かありそうだと思っていた百合は、じっと続きを待った。冴子が受けた仕打ちや家を出た経緯を聞くと真っ青になったが、これにも黙って耐えた。

「あの子の行き先はどこですか」

「わからん。わかっていれば連れ戻すんだが、どこに行ったのかそれが心配なんだ」

そうこうするうち、悠介や茂子も仕事から戻り、口々に謝った。

「お金のことばかり考えた私のせいなんです。ごめんなさい」茂子がそう言って泣くと、悠介も両手をついた。

「八方探したんだ。すぐに捜索願も出した。でも、見つからない」

百合は取り乱しもせず、非難めいたことも口にしなかった。そんなことをしても、冴子が帰るわけではないし、喜びもしないだろう。もちろん心配のあまり胸が張り裂けそうになっていたが、それをおくびにも出さなかった。大阪で耐え忍んだ苦労は百合の心を強くしていたのである。

「冴子はいつか帰ります。それまで待ちましょう。それより兄さん義姉さん、ここに一〇〇万円あります。お借りしたお金の一部として受け取ってください」

悠介は〝受け取れるはずがない〟と言ったが、百合は感謝の言葉とともにそれを渡し、兄夫婦と東照宮にお参りをした。その道すがら、兄夫婦から冴子がどれほどよく働き、家のために売上を増やしてくれたかを聞かされた。

「増えた売上は冴子さんが稼いでくれたお金です。だからもう借金のことは言わないでください」

百合は利矢だけを連れて日高の家をあとにした。久しぶりに会った百合と利矢ではあったが、冴子のことを考えれば喜びは半減だ。涙を浮かべた利矢が手を合わせる姿を見ると、さすがの百合も嗚咽をこらえきれなかった。

梅雨入り宣言から数日経ったある日、小春は風邪で寝込んだ。

〈本日臨時休業〉

貼り紙を見て、一人の常連客が心配して裏口から入ってきた。六十歳くらいの紳士だ。よほど古くからの馴染客なのだろう、小春のひとり暮らしを知っていたらしく、掃除をしていた冴子を見て驚き、〝ここの常連だ〟と言って名刺を出した。

「見かけんお嬢さんだが、どなたかな?」

冴子は名乗ったあと、「親戚の者です」と答えた。小春の言いつけどおりにである。

「ほう、ご親戚にこんな綺麗な娘さんがおったか。それで、小春さんはどうしたね」

「風邪でお休みになっています。しばらく店も開けられません」

「そうか。実はここでしか飲まないので、一杯だけもらえんか」

名刺を持って小春に聞きにいくと、「澤井さんなら仕方がないね」と言う。小春は「開店当時からのご贔屓さんよ」と言って起きてきた。冴子は手伝い、慣れた手つきで酌もする。

「おいおい、こんないい子がいたのか。今まで隠してたな」

「違いますよ。この子は親戚の娘で、東京で暮らしたいと言うから泊めているだけよ」

「ふうん。でも、こんな娘が店に出れば大繁盛だな。よし、今度仲間を大勢連れてくるぞ」

冷や酒を三杯も飲んだ澤井は上機嫌で帰り、店が再開されると次々に客を連れてきた。しかし、小春は冴子を店に出そうとしない。

澤井は不満げだ。

「いい娘がいるからって若い連中を連れてきたんだぜ。ママ、俺の顔を立ててくれよ」

澤井に頼まれると小春も弱い。冴子が現れると、澤井が立ち上がり、「おお、われらが姫よ。こちらにおいでください」と大げさに一礼した。

澤井をはじめ、みんなが冴子を気に入った。背がすらりと高く、細身なのにスタイルがいい。溌剌とした若さと大人びた美しさを兼ね備えている。それでいて誰にでも愛想よく振る舞った。とても地方から上京してきたばかりの素人とは思えない。そんな冴子だったから「年はいくつだね」と聞かれたとき、小春の言いつけどおり〝二十歳〟と答えても、誰一人疑問に思わなかった。

「この子を小春の看板娘にしようよ。ママはママでいいからさ」

客は勝手なことを言いだす。結局、冴子は毎日店に顔を出すようになり、その評判は口コミで広がり始めた。若者のグループが小春を訪れたのがそんな折のことだ。小春では珍しいことで、冴子を見た青年たちが口々に褒めた。

「あんな綺麗な子がいるとは思わなかったよ」

「ほんと、あの澄んだ瞳が印象的だよなあ」

この若者たちも品のある者が多く、身なりもいい。小春が〝どこかの御曹司たちね〟と断言したほどだ。なかでも甘い顔立ちをした若者が冴子を気に入り、賑やかな席でも二人の目はよく合った。実は、冴子のほうでもその青年をよく見ていたのだった。

ある日、彼がひとりで来店したとき、冴子は名前を聞いた。

「藤山孝緒。覚えてくれると嬉しいね」

このとき、冴子は〝どこかで聞いたような〟と訝しんでいた。すると、不思議なことに藤山も記憶をたどるように冴子を見つめだした。

「冴子さん、ぶしつけな質問かもしれないけど、小春に来る前はどこにいたの？」

「静岡の久能です。母の実家のイチゴ園があって……。イチゴ園ってわかりますか？」

そのとたん、「思い出した！」と孝緒が手を叩いた。「お日様のイチゴさんだ。いつだったか、大富士建設の名刺を渡した客がいたでしょう。それが僕だよ」

冴子も〝大富士建設〟と言われた瞬間に思い出していた。

「あのときの……。その節はどうもありがとうございました」

「どうして『小春』にいるの」

冴子は事情を説明した。小春以外に自分のことを話すのは初めてだ。

孝緒の眼差しがみるみる優しくなった。

「なんて苦労をしたんだ。あのイチゴさんをやっているだけで可哀想だった。あのとき、君は泣いてたね。――僕にできることがあれば何でも相談してほしいな。力になるよ」

「ありがとう。でも、ご迷惑をかけたくありません」

「だめだめ。そうやって、気を遣いすぎるのが君の悪いところだよ」

この日を境に冴子と孝緒は急速に親しくなった。孝緒は毎日のように『小春』に来て、冴子が出てくるのをじっと待った。冴子も孝緒の姿を無意識に探すようになっていた。そんな日々が数週間ほど過ぎるころ、孝緒は冴子を食事や旅行に誘った。

「私、男の人と旅行に行ったことはありません。少し考えさせて」

冴子は誘われるたびにはぐらかす。小春は何も言わなかったが、ある日、店がはねたあとで「このところ、熱心に通ってくる青年はどなたなの」と聞いてきた。

「大富士建設の社長、藤山さんの息子さんなんです」

「ええっ、藤山の！」その驚きようは尋常ではない。しかも、小春はすとんと椅子に腰を落としたかと思うと、「そう、困ったわね」とつぶやいた。

「どうしたんですか」

「実は、大富士建設とはできるだけ距離を置いときたいのよ」

冴子は隣の椅子に腰を下ろした。

「何かあったんですね」

「昔、大富士建設で事務員をしてたときがあってね、一度だけ社長の盛雄と関係を持った。というより、あれは力ずくだったわね」

「そんな——」

「残業したあと、たまたまエレベーターで社長と二人になったのよ。遅いから送りましょうと言われて、そのままホテルに直行だった。不幸なことに妊娠した上、社長の奥様に知れてね。わたしは退社せざるを得なかった」

「まさか孝緒さんは小春さんの……」

「いえ違うわ。わたしが産んだのは香奈枝という女の子。今はあなたより三つ上の二十一歳。ふだんは実家のある仙台にいてね、兄夫婦が実の子同様に育ててる。わたしは母親だけど、香奈枝には叔母とだけ言ってあるのよ」

「それじゃ、香奈枝さんは孝緒さんの妹になるのかしら？」

「腹違いのね。でも、孝緒さん自身は妹がいるなんて知らないはずよ」

「そうだったんですか。大変だったのですね」

小春はふっと微笑んだ。「でもね、香奈枝を出産したときはうれしかったの。不幸ないきさつになったけど、社長のことは嫌いじゃなかった。でも逢えば大富士がもめるから、私は隠れて生活しているの。でも、まさか藤山盛雄の息子がここに来ているとは夢にも思わなかったわ。大都会なんていうけど、東京も狭い街ね」

〝これ、内緒よ〟と口止めされた冴子は黙ってうなずき、〝苦労しているのは皆同じ。誰もが何か重荷を背負っているんだ〟と改めて考えた。

小春はふつうの女性にあるはずの幸福を台無しにされ、心ならずも独身を貫くことになった。しかし、彼女は決して藤山盛雄を恨んではいないという。そんな人間性こそが、彼女の凛とした美しさの理由なのだろう。

冴子は〝よい人たちに囲まれて幸せだ〟と、しみじみ感じたのだった。

「実はその孝緒さんから食事に誘われているんです」

「あら、いいじゃないの、行ってらっしゃい。ハンサムだし、何より真面目そうよ。ときどきあのグループに女の子が混じってるときがあるでしょ。孝緒さんがいちばんもててるのに、本人はどの娘もお呼びじゃないって顔ね。遊びで付きあってる様子もないなと思ってたら、お目当ては冴子さんだったのねえ」

小春はそう言って微笑むが、冴子はため息混じりに「困るわ」とつぶやいた。

「私、住所不定の家出娘ですもの。両親だってどこにいるのかわからない。こんな女を相手にするなんて……」

「自分を卑下するものではありませんよ。相手を本当に好きなら、どんな境遇にあるかなんて関係ないわ」

「私は宿なしの風来坊よ。いつ、どこに行くかもわからない……」

「あら、わたしは信用してるわよ。もし、この店の跡継ぎになってくれたら、安心して隠居しちゃうもの」

この日、二人は眠らずに静かな店のなかで話を続けた。そして、その数日後、冴子はとうとう孝緒の誘いにうなずき、食事に行くことになった。ただ、お酒は飲めないと断った。

翌日の夜、孝緒が冴子を案内したのは有名な一流ホテルのレストランだった。車から降り、冴子を連れて歩き出すと道ゆく男たちが振り返る。孝緒は天にも昇る気分だった。

「大きなホテルね」

ビルを見上げた冴子は思わずそう言った。

孝緒が見ているのはそんな冴子自身だ。惚れ惚れと横顔を見ながら、女優かモデルのようだと思った。いや、そんじょそこらの女優やモデルでは冴子に敵うまい。しかも、これでほとんど化粧をしていないというから驚きだ。

孝緒は冴子と腕を組み、優越感で胸を膨らませながら展望レストランに向かう。店に入るとすぐにマネージャーが出てきて、夜景の見える予約席に案内してくれた。

「お嬢さんにジンジャエール、僕にはシャンパンを。あとはいつもどおりにね」

こんなレストランに初めて来る冴子は、絢爛豪華な料理にただ驚くばかりだ。食事代がどれほどになるかわからないが、さすがに社長の御曹司だとため息をついた。

「すごいわ。きっとお部屋も豪華なんでしょうね」

「グレードにもよるけどね。最上階のスイートならバスルームも大理石だよ」

「想像もつかないわ」

孝緒のほうは料理そっちのけで冴子ばかりを見ている。

「ここには結婚式場もあるんだ。いずれは僕もそこで式を挙げたいね。そのまま二人きりで例のスイートに泊まろうと思ってるんだけど、どうかな?」

「すてきでしょうね。奥様がうらやましい」

「なに言ってるの。その奥さんはね、今、僕の目の前にいる人だよ」

「私――」冴子は目を丸くした。「私なんかとても釣り合いません。孝緒さんは大富士建設の跡取りじゃありませんか。良家のお嬢さまじゃなきゃダメよ」

「良家のお嬢さんなんて性に合わないね。事実、こうして冴子さんが大好きで一緒に食事をしているじゃないか」

「私、困るわ。そんなこと考えてもいないもの」

孝緒はそんな冴子の言葉にかまわず、また旅行に誘った。

こんな豪華なレストランで誘われると断りづらく、冴子はうつむいた。結局、帰ってから小春に相談すると、「いいじゃないの」と、また背中を押されてしまった。

「でも、私、そんなこと……」

「あなたが孝緒さんを好きならそれでいいのよ。日帰り旅行だというし、下心があって誘っているのじゃないわよ。いつだったか、あなた、家が料亭だったから一度も旅行に行ったことがないって彼に話していたでしょう。孝緒さん、気の毒そうな顔をしてたわ。たぶん、それを覚えているんじゃないかしらね」

冴子は両手で頬杖をつき、ニコニコしている小春の顔を見ていた。

「まあ、小春さんてすごい観察眼なのね。それに記憶力も」

その一週間後、旅行の約束をとりつけた孝緒は小春以上にニコニコしていた。

「それじゃ、どこに行こうか。行きたいところはある?」

冴子は思案顔になり、やがて首を振った。

「とくに考えたことないけど——。身延山久遠寺はどうかしら?」

「身延山久遠寺ってあの久遠寺？　日蓮宗総本山の……」

孝緒はやや意外そうに、そして大いに興味深げに冴子を見た。

ほかの女の子ならなんと言っただろう。ディズニーランドか京都の料亭か、むしろチャーター機で沖縄だとわがまま放題を言うだろうか。

「決まりだね。僕も歴史のある神社仏閣は大好きだ。建設会社の息子だからかもしれないけど、日本古来の建築には興味がある。これまで多くの建物を見てきてね、久遠寺は初めてだしおもしろいと思うよ」

次の土曜日、孝緒は車に乗って迎えにきた。

「覚えてる？　お日様イチゴ園に行ったときの車だよ」

「こんなに豪華な自動車、初めて。外車なのでしょう？　緊張しそうだわ」

「大丈夫、乗ったらすぐにリラックスできるよ。シートも広いからね」

車は滑るように発進し、高速道路を走って山梨の身延に来た。入り口の身延街道に入ったころから太鼓の音が聞こえてきた。

「団扇太鼓の音だわ」

「明日から七面山大祭が始まるんだよ。それにしても凄い行列だね」

全国から集まった信徒たちがデンデンと太鼓を鳴らし、「南無妙法蓮華経」と唱える。冴子は車の中で目を閉じ、口の中で同じように唱えて手を合わせた。

この日、身延街道は通行規制されており、孝緒たちの車は脇道に誘導されて駐車場に導かれた。

車を降りた二人は多くの人々に混じって門前町を歩き、やがて見上げんばかりの三門をくぐった。

二八〇段以上もある菩提梯を上ると勇壮な五重塔があり、さらに進むと荘厳な大伽藍にたどり着いた。日蓮宗総本山、久遠寺の本堂だ。

　冴子は合掌し、目を閉じた。

　一心に祈るその姿を見て、孝緒は〝よほどの事情があるのだろう〟と思った。最初から物見遊山が目的でないことくらいわかっていた。本当は彼女自身に楽しんでほしかったが、それより大切な何かがあるに違いない。それは行方の知れない両親や散り散りになってしまった家族と無関係ではあるまい。孝緒は抱きしめたくなるほどの切なさと情念に胸を痛めた。

　冴子の祈りは長く続いた。

〈お祖父さま、お祖母さま、どうか安らかに成仏してください。できれば、ご遺体がみつかりますように。そして父と母、利矢をお守りください。今、一越家の家族はバラバラで、だれもが悲惨な状態です。いつか家族みんなが無事で再会し、幸福になれますように〉

　一越家が檀家になっている高延寺も日蓮宗の寺だ。冴子は祖父母が行方不明になって以来、その総本山にお参りしたいと願っていた。その想いが今、かなったのである。

　つかの間、脳裏に一越亭で働く家族たちの姿がよみがえり、込み上げる感情に耐えた。

　本堂を離れると、孝緒は努めて明るく振る舞った。

「せっかく来たんだもの、身延山を隅から隅まで見ていこうよ。ロープウエーがあるから、それに乗って頂上まで行くのはどう？」

　ロープウエーの駅から頂上までは少し歩く。やや風が冷たかったが、見晴らしのよい展望台があり、二人はそこからの眺望に歓声を上げた。

「来てよかった。きれいな景色だね」

境内に比べると観光客の数はかなり少なく、二人は大パノラマを独占しているような気分になった。

ところが、山肌に少し霧がかかると、あっという間に雲が広がり、大きな雨粒がざあっと落ちてきた。瞬く間に濡れた二人はデッキから避難したが、寒さのあまり冴子が震えだした。孝緒が抱きしめると、冴子は青白い顔で「だめ」と小声で言ったが、孝緒の体温がここちよく、逃れようとはしなかった。

しかし、いつまでもこのままではいられない。空はいよいよ暗くなり、雨の上がる気配はない。孝緒は上着を脱いで冴子を頭からくるみ、ロープウエーの駅に向かった。雨はやむどころか激しくなり、車に着くころには孝緒の髪から無数の滴が落ちていた。

エンジンをかけ、暖房を最大にしても冴子の震えは止まらない。孝緒はまた抱きしめたが、その孝緒自身もずぶ濡れだ。とにかく帰途についたものの、冴子の顔は青白さを通り越して土気色になっている。孝緒は決心し、街のほうにハンドルを切った。

「このままでは病気になってしまう。宿を探すよ、いいね」

冴子は目を閉じてうなずいた。

久遠寺の祭りがあるため、ほとんどの旅館やホテルは満員だった。やっとのことで空いている旅館を見つけ、孝緒は「夫婦です」と宿帳に書き入れた。

熱い風呂に入り、温かい飲み物を頼み、夕食までにはなんとか冴子も落ち着いた。山梨名物の〝ほうとう〟も二人の体を温めてくれた。

「ごめんなさい。本当に凍えそうだったの」

「僕のほうこそ謝る。山に行くなら、傘ぐらい持っていくべきだった。心配したけど、落ち着いてよかったよ」

二人は浴衣姿だ。濡れてしまった服はハンガーにかけて吊してあるが、まだ乾ききっていない。二人きりの部屋を見回し、内心、冴子は落ち着かない。しかし、今晩はここに泊まる以外になかった。

孝緒は旅館の女将に勧められるまま地元の酒を頼んだ。純米の生原酒で、燗より冷やが合うという。女将が気を利かせたのだろう、黒い酒瓶と一緒に二つのグラスがきた。

「君も少しどう？」

「私、飲めないんです。飲んだことがないの」

「少し飲めばよく眠れるよ」

「そう？　ではちょっとだけ」

おそるおそる口をつける冴子を見て、孝緒が笑った。

「初めてだと、おいしく感じないと思うよ。たいていそうなんだ」

ところが冴子は「あら、おいしいわ」と言う。

「へえ、すごいな。さすがに料亭の娘だね」

孝緒が感心しているうちに冴子の小さなグラスはからっぽになった。

「お客さんがお酒を飲む気持ちがちょっとわかったかしら」

「ウイスキーやワインだっておいしいんだよ。それにしても、君とこうして飲めるなんてうれしいな。もう少しどうだい?」

冴子の頬がバラ色に染まり、孝緒は思わず見とれた。しかし、孝緒が小春に心配せぬよう電話をかけたほんのわずかの間に冴子は眠り込んでいた。

「やっぱり疲れたんだろうな」

孝緒は冴子を抱き上げ、奥の部屋に用意された布団に寝かせた。そのとき孝緒の右手に冴子の乳房があたり、そのやわらかな感触は彼の心を激しくかき乱した。

その夜、冴子は夢を見た。花咲く野原に蝶が舞い、小鳥がさえずっている。まるでお伽の国のお姫さまになったようだ。気持ちよくなって花畑で寝ていると、そこに白馬に乗った王子さまが現れた。彼は「なんと美しい姫」と言い、駆け寄ってくる。冴子を抱き上げて頬に唇を当て、「あなたこそ夢にまで見たお姫さまだ」と口づけた。思わず冴子が「ああ」と喘いだとき、二人は結ばれていた。夢見心地の姫は歓喜のなかで安らぎに包まれ、無上の幸福感に浸ったまま目を開けた。そこにいたのは白馬の王子そっくりの若者だった。

孝緒は「ごめん」と謝った。「でも、本当に君を愛しているんだ」

「いいの。私、夢を見てた。すばらしい夢だった。きっと〝孝緒さんについていきなさい〟という、聖人さまのお導きなのね」

二人は抱き合い、朝まで満たされた眠りに就いた。

4

翌日、孝緒が藤山の家に戻ると、一晩中心配していた母親の昭恵がさっそくやってきた。昨晩の事情を正直に話した孝緒だったが、冴子のことは〝友達〟とだけ言った。

「あなたも大人だから、あまりやかましくは言いたくないけどね、大事な跡取り息子なんですよ。変な女にひっかかると大富士に傷がつく。誰と泊まったの、飲み屋の女なんでしょ」

孝緒は「まあ」と言葉を濁すが、女の勘は鋭い。とくに昭恵のそれは群を抜いており、男女のことになるとまず外さない。かつて夫・盛雄と小春のことも、あっさりと見抜いてしまったほどだ。

きっぱり否定しない息子を見て、頭に血がのぼった

「どこの女です、私に仰い。場末の女など相手にせずとも、お嫁に来たいという女性は星の数ほどいるの。それも有名大学を出た良家のお嬢さんばかりなのよ」

いつもの話が始まり、孝緒は逃げるように自分の部屋に戻った。当面、孝緒は冴子のことを話すつもりはなかったが、昭恵は持ち前の勘で問題の飲み屋を見つけ出した。

「『小春』か……。何かひっかかる名ね」

ある興信所の知り合いに調べさせたところ、ママと美人で評判の若い女がいるという。ママの親戚の娘という触れ込みだが、本当のところは誰も知らない。

「小料理屋を繁昌させる謎の女か。——いいわ、私が会いたがっていると伝えてちょうだい」

翌日、準備中の店に入ってきた男が冴子を呼び、昭恵の話を伝えた。冴子は驚きながらも承諾し、男は評判の美人の様子を昭恵に伝えた。

その週末、指定した喫茶店に冴子が現れると、昭恵はその美貌に驚かされた。美人だとは聞いていたものの、予想以上だったからだ。孝緒が夢中になるのも無理はないと思ったが、それだけ大富士建設にとって危険な存在ということになる。

「今後、孝緒とのお付き合いをお断りします。息子は大富士建設の跡取りとして、上流家庭のお嬢さんから選び抜いたふさわしい相手と結婚せねばなりません」

昭恵は厳しい声できっぱりと告げ、冴子に封筒を差し出した。

「これはお金でしょうか」

「あなたに嫌な思いをさせた代償です」

昭恵は手切れ金という言葉を使わなかったが、実際は同じことだ。

冴子は目を背け、「必要ありません」とかすれ声で言った。「孝緒さんとはもうお会いしません。ご心配をおかけしました。お約束しますから、どうかご安心ください」

喫茶店を出た冴子はどんよりとした曇り空を見上げた。

「仕方ないのよね」

ひどいことを言われたが、昭恵のことを悪くは思わなかった。母親の立場からすれば、当然の心配だ。孝緒は大企業の将来を背負って立つ大事な跡取り息子だ。小料理屋の女など、邪魔者以外の何者でもない。しかも、自分はもともと小春の親類ですらないし、東京駅のベンチで偶然拾われた女に過ぎないではないか。

いつか日高の家で過ごした最後の晩のように、冴子はじっくり考えた末に〝小春あての置き手紙を書くときがきた〟と決心した。

いざ書き出すと、小春への感謝の言葉ばかりが並ぶ。自分を見つけてくれたこと、受け入れてくれたこと、すべての親切が忘れられぬ思い出であり、大きな恩だった。

その数日後、『小春』にやってきた孝緒は冴子の失踪を知らされ、置き手紙を見せられた。

〝……孝緒さんの将来を考えると、身を引くことが最善だと思います〟

大きなショックを受けた孝緒は一言だけ小春に優しい言葉をかけ、『小春』を飛び出した。まっすぐ向かったのは自宅だ。手紙に昭恵のことなど書かれていなかったが、孝緒には確信があった。ノックもせずに母親の部屋に入るや「なぜ、僕の幸せを奪うのか」と、ものすごい剣幕で叫んだ。握った両の拳を怒りで震わせ、ぎらぎらと光る目に涙をにじませている。

昭恵は卒倒せんばかりに驚愕した。これほど感情を露わにした息子を見るのは初めてだ。

「だって、あなたは跡取り息子だから、つまりあんな飲み屋の女と……」と、いつもの話をしどろもどろで繰り返そうとした。

孝緒はそれを途中で遮り、力まかせに床を踏みならした。

「僕から幸せを奪う大富士なんていらないよ。冴子さんさえいれば何もいらない。どんな苦労もいとわない。僕は彼女を探しに行く。どんなことをしても取り戻すよ」

「た、孝緒、あなた――」

昭恵は呆然としたまま動けず、去っていく息子を見送る以外になかった。今度ばかりは昭恵の勘もはずれた。たかが飲み屋の小娘風情、取りのぞいてしまえば、息子もすぐに諦めると高をくくっていたのである。

嵐のように家を出た孝緒だが、冴子の行き先に心当たりなどはない。車に乗った孝緒が最初に向かったのは静岡だった。目的地は久能のお日様イチゴ園である。ただ、今はイチゴ狩りのシーズンではなく、イチゴ園はひっそりと静かだった。だから、見知らぬ青年がいきなり訪ねてきたことにも、「冴子さんはいますか」という質問にも悠介たちは驚いた。

「冴子のことをご存じなのですか」

悠介と茂子にまじまじと見られると、孝緒は簡単に東京でのいきさつを説明した。しかし、冴子は戻っていないと知ると、がっくりと肩を落とした。

悠介はとりあえず孝緒に家へあがってもらい、栄次と若奈も呼んで詳しい話を聞いた。

「なんと、あの大富士建設の息子さんですか！」

栄次が目を丸くし、若奈は涙ぐんで頭を下げた。

「冴子をそんなに想っていただいて、ありがとうございます。あの子も嬉しかったに違いありません。私どもも心あたりを全部探しましたが、冴子の行方は知れません。まさか東京へ行っていたとは想像もしておりませんでした」

冴子が東京から姿を消したと聞き、悠介はがっかりすると同時に少し安心もした。少なくとも冴子は生きている。それがわかっただけでも希望がわいた。

「冴子がお世話になり、ありがとうございます。こちらでも探しますが、またどこかにいましたらご連絡をお願いします」

日高の家族が頭をさげると、孝緒も「必ず見つけます」と返事をした。

ずっと涙ぐんでいた若奈が「帰って来ておくれ、冴子」と泣き出した。悠介と茂子は自分を責め、ただ祈るばかりだった。

孝緒は悠介から教えられた心当たりを車で回った。いないと知らされてはいても、自分の目で確かめねば気がすまなかったからだ。

「彼女を取り戻すまで藤山家には帰らない。たとえ仕事をしながらでも冴子さんを探し続ける。日雇いでもなんでもいいんだ」

孝緒は本当に家にも会社にも戻らず、頼ろうとさえしなかった。今まで縁のなかった庶民の苦労を、その身をもって知ることになったのである。


そのころ、冴子は伊東にいた。一越家の墓参りをしようと高延寺の墓地に行き、先祖の墓に手を合わせていたのである。『小春』を出たものの行くあてはなく、気づくと故郷の伊東に足が向いたのだった。

たまたま墓地を通りかかった松島和尚が「これはお珍しい」と声をかけた。住職はまだ四十代なかばだが、檀家からの信頼は篤い。墓地を見回るのを日課の一つとしており、ここしばらく一越家の墓に花や線香が供えられるのを見ていなかった。

「一越家のお嬢さんですかな」

「はい」冴子は立ち上がって会釈した。

「一越亭のことはお聞きしておりましたが、ご両親はいかがされていますか」

「わかりません。どこにいるのか——」

わずかに表情を曇らせた和尚は「寺のなかで話しましょう」と促した。

冴子を寺の一室に招き入れ、和尚は法衣から作務衣に着替えた。お茶をもってきた女性は住職の妻らしかった。

「まあ、のんびりしてください。私ども夫婦に子どもがおらんせいか、この寺も静かすぎましてなあ。若い方が来てくださると、ぱっと華やかになってよろしい」

そう言うほど和尚も年をとってはいないが、いかにも嬉しそうに合掌し、茶を勧めた。

「ありがとうございます」

「たしか、お母さまは百合さんでしたか。静岡のご実家に一家で移られたと聞きましたけれど、どうかなされましたか」

冴子は小春に聞かれたときと同じように、今までのいきさつを話すことになった。『小春』のときと違ったのは、東京を去った事情を加えたことくらいか。

話を聞いていた和尚は冴子の顔色の悪さを心配した。

「東京から伊東までどうやって来ましたか。ほとんど寝ていないのでしょう」

「深夜喫茶がありましたし、駅のベンチでも寝られました」

和尚は毛を剃った頭に手を当て、大きく息を吐いた。

「今夜は寺に泊まるというのはどうですか。若い娘さんがあてもなく夜に出歩いてはいけませんね。今夜だけでもそうなさい。ずっといてくれるなら、なおいいのですが」

「では今夜だけ、お言葉に甘えます。待っている友達もいますから」

待っている友達がいる、というのは寺を出るための小さな嘘だった。同じ場所にしばらくいると、自分はまた邪魔者になるかもしれない。それが何より怖かった。

ただ、冴子はとても懐かしい気分に浸ってもいた。もう伊東には来られないと思っていたのに、壇家だった寺で世話になるなんて――。和尚も、これから毎日あなたのことをお祈りしましょうと言ってくれた。

実は、冴子を探す孝緒が日高の家を訪れたのがちょうどこの日だった。もちろん、冴子はそれを知らないまま、翌日には寺を出た。先祖のお墓を拝んで気持ちも整理できた。

東京の孝緒のことが心配だったが、もうどうしようもない。二度と逢ってはいけない人だ。

「これからどうしよう。どこに行こう」

とうとう行き先も思いつかなくなってしまった。静岡に戻れば迷惑になる。東京も同じだ。自分がいると、必ず大事な人の邪魔になる。

冴子はふとあることに気づき、乾いた笑いを浮かべた。

「だったら、私の居場所なんてこの世のどこにもないわ」

あてもなく歩いていたらタクシーが目の前で止まり、その気もないのに乗った。何か聞いている運転手に生返事をすると、車が動き出した。右に海が見えることはわかるけど、どこをどう通っているのかわからない。興味も湧かない。

ところが、しばらく走っていると、突然、何か大きな力が車の向きをぐいっと変えた。とたんに運転手が悲鳴をあげ、急ブレーキを踏んだ。

「うわっ、地震だ！　つかまって！」

助手席の背にしがみついた冴子は前方を見てぎょっとした。

「止めて、人よ！」

道の端に一人の若い男が見えた。車線から外れたタクシーは猛スピードでその青年に向かっている。みるみるうちに青年の姿が大きくなり、冴子は彼の着ているグレーのシャツを凝視していた。

「くそっ、やっちまったか！」

運転手がハンドルを叩いた。車は道の端ぎりぎりで停車したが、青年の姿が見えない。

車を出たのは冴子のほうが早かった。まさに断崖ぎりぎりだ。ライオンに似た大きな岩に白い波が打ち寄せている。

その刹那、〝お祖父さまの車が落ちたところだ〟と頭の隅にひらめいた。

「ああっ！」

車の少し先にさっきの青年が倒れていた。そのとたん、ぐらぐらっと地面が揺れ出した。車から出ようとした運転手は揺れ戻ってきたドアに叩かれ、車内に倒れ込んでしまった。

立っていられないほどの振動のなか、冴子はなかば這うように青年に近づいた。しかし、硬いはずの道路はまるで寒天でできているかのようにうねり、暴れている。もんどり打って叩きつけられた冴子はそのまま意識を失った。


その約三〇分後、運転手の通報で数台のパトカーに乗った警官たちや救急車が到着した。しかし、運転手の話と現場の様子には、かなりの違いがあった。

「あんたが跳ねたという男はどこだ。車にキズもないし、客だったという女もいやしない。いったいどうなってるんだ？」

運転手はどの質問にも答えられない。いるはずの人間がどこにも見当たらなかった。

「いや、確かにいたんですよ。ものすごい地震がありましてね」

電話で確認した警官が疑わしげに睨む。

「あのなあ、ここしばらく地震なんぞ観測されておらんそうだ。もちろん、今日もな。おまえさんの錯覚だろ。まさかと思うが、酒酔い運転してたらしょっぴくぞ」

「じょ、冗談じゃない。だったら、あれは幽霊だったのかもしれん」

「なにをバカなことを。幽霊なんぞいるわけがない。シャキッとせんか」

あきれた警官は運転手の話をまともに相手にせず、調書は取ったものの事件にはならなかった。

ただし、この話は巷の人々の間で秘かな話題になった。この場所で女性や老夫婦が海に落ち、行方不明になっている。それらの遺体も未だに見つかっておらず、誰ともなく〝本当に幽霊が出るのではないか。いや出るに違いない〟と、もっともらしい話をするようになった。そして、いつしかここは〝幽霊通り〟と呼ばれるようになったのである。

洞窟

1

〈これは昔も昔、大昔の話だ。伊豆の東の海に獅子の形をした大岩があり、そこに白い花が咲いたある日、大地震があった。すると近くで暮らしていた村人が突然いなくなり、まるで神隠しに遭ったかのように消えてしまった。姿を消した者は一人も戻らず、いつとはなしに〝村人たちは地震で裂けた地の底に飲み込まれ、今もそこで暮らしている〟という噂が広まった。この神隠しの伝説は伊豆の人々によって語り継がれたが、長い年月が過ぎるうちに人々の記憶から消えていき、今では伝える者もいなくなってしまった〉

これは後に冴子が聞くことになる古い言い伝えだが、このとき、自分の身にどんなことが起きたのかまったくわからなかった。

「ここはどこなの?」

意識を取り戻した冴子は痛む額に手を当てた。小さなこぶができている。ふと気づけば地面は岩だらけだ。驚いてあたりを見回すと、岩だらけどころか、洞窟そのものだった。

「夢でも見てるのかしら」

しかし、夢なら額のこぶが痛むはずはない。冴子は混乱した。

天井を見ると、岩の表面にぼうっと光る白い花のようなものがいくつも見える。地の底なのに周囲が見えるのは、それがあるおかげらしい。

「どうしよう。私、何も覚えてない。気味が悪いわ」

なにげなく後ろを見た冴子は「あっ」と小さな悲鳴を上げた。グレーのシャツを着た青年が倒れている。この瞬間、冴子はタクシーに乗っていたことを思い出した。

「たいへん、跳ねられた人だわ」

そのとき、青年がぴくりと手を動かしたかと思うと目を開け、むっくりと半身を起こした。怪我はなさそうだ。どこかを痛がったり気にしたりする様子がない。

整った顔立ちだが、若い割にひどく瘦せている。無精髭が伸びているせいもあって、どこか不健康な印象を与えた。

「あの、あなたはどなた？　大丈夫ですか」

青年は手足を見下ろし、両手を動かした。

「体は大丈夫のようです。僕は小谷朝雄。大和古代考古大学の講師をしていました」

「大学の先生でしたか」

冴子も名乗ったが、小谷は冴子より洞窟のほうに気を取られているらしい。さかんにきょろきょろしながら立ち上がり、天井を見上げたとたんに歓声を上げた。

「ああっ、とうとう見つけた。僕はやったんだ」

見知らぬ洞窟の中で、満面に笑みをたたえ、両手を挙げてバンザイまでしている。

「ちょっと、どうなさったんです」

冴子は少し怖くなった。悪い人間には見えなかったが、小谷のやっていることは彼女の理解を超えている。

ひとしきりバンザイをしていた小谷だったが、ほどなく冷静さを取り戻して苦笑した。明らかにおびえた表情をしている冴子に気づいたらしい。

「すいません。おかしくなったわけじゃないんです。大きな発見をしたせいで、つい興奮してしまいました」

「その、発見というのはこの洞窟のことなんですか?」

「ええ。僕の専門は古代日本の遺跡調査なんです。以前、博士論文のためのフィールドワークで伊豆地方に来ましてね、偶然、不思議な伝説のことを知りました。それ以来、長年にわたって研究していたんです。たぶん、白い花が見えるだろうと思っていました」

小谷は頭上で光る不思議な花を見上げた。

「そんなにお詳しいのでしたら、ここのことを教えてくださいませんか。私、ここがどこかも、どうやって来たのかもわからないんです」

すると、小谷は真剣な表情になった。

「断言はできませんが、ここは神隠しの言い伝えにある地底の洞窟です。言い伝えといっても、今はもう忘れ去られてしまった話でね、大昔の書物のなかに書かれているだけです」

「〝神隠しの言い伝え〟？」冴子は途方に暮れた。

このとき小谷が話した伝説が、「これは昔も昔、大昔の話……」だった。

「僕がタクシーに跳ねられそうになったとき、大きな地震がありましたね。あなたは頭を打った拍子に気絶してしまったが、そのとき、まるで地面が裂けるようにぱっくり口を開け、僕たち二人を飲み込んでしまいました。僕も気絶してしまい、ここまでどうやって来たのかわかりません。たぶん、昔の神隠しのときも、同じことが起きたのでしょう」

「そんなことがあるものでしょうか」冴子は納得できない表情のままだ。

「わかりません。でも、実際に僕たちはここにいるでしょう？」

小谷はぐるりと洞窟内を見回した。

「何百万年も昔、伊豆は地殻の移動、というよりプレート移動のため本州に衝突して伊豆半島になったそうです。実際、ここはフィリピン海プレートとユーラシアプレートの境界上ですから、地震が多発する地域なんですよ。今回の現象は現代の科学では説明できないことですが、特殊な地震と関係があることだけは間違いないと思います」

「どうして私がこんな場所に来たんでしょうか」

「偶然ですよ。たまたま地震のあったときに居合わせたんです。僕は以前からあの伝説が真実だと直感的に信じてました。だから、いつか必ず同じ現象が起きるだろうと、あのライオン岩の近くによく来るんです。そうしたら、運よく地震が始まりました」

冴子自身は〝運よく〟とはとても思えなかった。でも、大学の先生なのだから、嘘をついたりはしないだろう。そう考えると、少し希望が湧いてきた。

「でしたら、戻る方法もご存じなんですね」

小谷はあっさりと首を振った。

「まったくわかりません」

「それなのに、ここに来ようと考えていたんですか？」

冴子が目を見開くと、小谷は申し訳なさそうな表情になった。

「実はここを発見できるなら、戻れなくてもいいと思っていました」

「そんな――。私はどうすればいいの」

悲しくなった冴子は椅子のような形の平らな岩に腰を落とし、絶望的な眼差しで洞窟を見回した。

「それなら、僕の研究を手伝ってください。何かわかってくるかもしれません」

冴子はしばらく考えていたが、溢れかけた涙をぬぐい、こくんとうなずいた。それより他にどうしようもなかったからだ。

「とりあえず、ここには何もなさそうですから、あちらのほうに行ってみましょう」

小谷は二人がいる窟の出口を指さした。

「でも、怖いわ。少し暗いみたい」

「それなら大丈夫」小谷はリュックからヘッドセットのライトを出して頭につけた。「小さいながらもヘビーデューティでしてね、バッテリーだって長持ちします。いざとなったら、手回し式の発電機だってある」

ライトのスイッチを入れるや、まばゆい光が前を照らした。

「まあ」

すっかり沈み込んでいた冴子だが、明るい光を見て少し勇気が出たような気がした。

小谷を先頭に窟を出て、やや細い岩の通路を進んだ。が、小谷はすぐに立ち止まり、周りの岩肌を調べ始めた。

「太古にマグマが冷えて固まった岩盤のようですね。黒っぽい岩の中に白い筋が見える。かなり頑丈でしょうから、崩れる心配はないと思います」

「あれは?」冴子が前方を見ると、星空のような輝きが見えた。近づいていくと、ひとつの部屋のような空間に出た。壁の黒い岩肌に半透明な白い筋がいくつも走っていて、その一部が星のように黄色く光っていた。

小谷は「まさかね」と小首をかしげた。

「まさかって、なんですか」

「黄色く反射しているのは金属なんですが、たぶん黄鉄鉱かなにか」と言いかけた刹那、小谷は驚きの声を上げた。

「これは採掘の跡だぞ」

冴子にはわからなかったが、小谷はぽかんと岩肌の一部を見つめている。「つまり、ここは金鉱脈ということか。肉眼でわかるほどとは驚きだ」

「ええっ、これ〝金〟なんですか」

冴子もびっくりして黄色く光るものを見つめた。

「鉱床学は専門外なんですが、この岩盤に走っている白い半透明の筋は間違いなく石英です。つまりこの岩盤の一部は金鉱石というわけですよ」

冴子はガラスのように見える白い岩に触れた。

「硬いわ。石英っていうんですか」

「地下の溶岩が冷えて固まるとき結晶になるんですが、同時に〝金〟が出ることもあるんです。ただ、採掘跡はかなり古い時代のものらしい。一〇〇〇年、二〇〇〇年の大昔かもしれませんが、当時、ここは地上とつながっていたのでしょう。ところが、僕らにはわからない何か不思議な現象によって地下に閉じ込められてしまった。僕たちがここに来たのも同じ現象のために違いありません」

試しに小谷は頭のライトを消した。すると〝金〟の星々の黄色い光が揺らぐように変化し、さざめき出した。

思わずため息をついたのは冴子だ。「なんて綺麗なのかしら。幻想的だわ」

「たしかにね。ここは花の数が少ない上、天井も高いからかなり暗い。夜空の星屑のように見えているのはそのせいですが、どうして光が揺れるんだろう」

小谷は頭上をじっと見上げ、やがて「へえ、なるほど」とつぶやいた。「反射光がさざめくのは白い花のせいだ。花の光がわずかながら強くなったり弱くなったりするんです」

「どういう意味なんですか？」

「たとえばホタルの光は呼吸のたびに強くなったり弱くなったりするんです。あの花の光も少しそれに似ている。そのうち、白い花の正体を知りたいものですよ」

小谷はまたライトを点灯し、冴子を促して広間から出た。すると通路の前方から何かの音が聞こえてきた。

「水音だ。地底河川でもあるのかもしれません。それならありがたいんだが」

少し進むと岩の廊下が右に曲がっている。曲がり角を過ぎたとたん、二人の目の前に広い空間が開けた。

「水の音、この奥からよ」

そこは直径一〇〇メートルはあろうかという岩の広場だった。ごつごつした天井は高く、数十メートルはありそうだ。

小谷はライトを消した。

「ここは明るいですね。頭上の花の数がものすごい」

大きな水音を立てていたのは滝だった。奥の壁側に大きな池があり、そこに幅五、六メートルの滝が落ちている。もっとも、直接水が落下しているのではなく、曲がりくねった岩の急なスロープの上を流れ下っているらしい。

「岩ばかりの中にこんな景色があるなんて」

冴子は絶えず流れ下る急流を驚きの目で眺めた。

「地底湖といってもいいくらいの大きさですね。飲める水だといいんだが」

小谷は池に近寄り、リュックから紙のコップや水筒を出した。コップで池の水をすくい、スポイトや薬瓶のようなものを使って色や臭いを確かめている。

「どうですか?」冴子が近づくと、小谷は微笑みながら池の水を口に含んだ。

「飲めますよ、真水です。これで渇きを癒せる」

小谷から真新しい紙コップを渡され、おそるおそる池の水を口に含んだ冴子は「まあ」と驚きの声を出した。

「けっこうおいしいでしょう?」

「驚いた。冷たくてとてもおいしいわ」

「ものすごい軟水なんです。簡略な分析ですけど、カルシウムやマグネシウムがほとんど検出されませんでした。水質もきわめて良好です。ここが伊東の地底と考えると、おそらくは天城連山に由来する水とみるべきでしょうね」

「じゃ、雨水なんですか」冴子は透明な水に視線を落とした。

「もとはそうですが、大きな山の中にしみ込んだ水は何十年もの間に移動して濾過されます。それがきれいな水として湧き出すんです。伏流水というやつですね」

「何十年も昔に降った雨なんですか」

冴子はコップの水を見つめたまま感心していたが、その視界の隅で何かが動いたような気がして振り向いた。

「ああっ、滝の向こう側に誰かいる！」

冴子は思わず手にしたコップを落とした。

2

孝緒は静岡の小さな土建屋に雇われることになった。冴子の手がかりがまったくなく、当面は静岡で待つほかにいい方法を考えつかなかったためだ。

なにしろ冴子の身内がいるのは唯一、静岡の久能だけだ。それに彼女は大阪の両親のことをまだ知らない。伊東にあった一越亭も今はなく、その土地も人手に渡っている。たとえ冴子がどこにいようと、いつかはきっと静岡に姿を現すに違いないと思ったのである。

雇われたといっても、ほとんど日雇いのような仕事で、正式な社員としての契約ではない。簡単に働けたが、いちばんの下っ端だ。年季のいった先輩に少しでも逆らうと、大変な勢いでどやされる。それが現場労働者たちの世界だ。

もちろん、藤山家ではあらゆる手段を使って孝緒の行方を探していたが、そのことを承知している孝緒は巧妙に大富士建設の関連会社を避けていた。

孝緒はどんなに苦しくとも頑張るつもりだったが、生まれて初めて経験する肉体労働についていけるはずもない。日を追うごとに疲労がたまり、仕事をこなす量が減っていく。

「おい、そこの新入り。何しに来てんだ。ツルハシってのはよりかかって眠るためにあるんじゃねえぞ」

「すいません」

孝緒は眠っているわけではなかった。急にめまいがして倒れかかり、ツルハシで支えていたのである。やっとの思いで掘り返した鉄筋入りのコンクリートの塊を担ぎ、運び始めた。途中でまた体がふらふらしてきたが、今は支えるものがない。ふらっとよろけたとたん、孝緒は側溝に足をとられて転び、運悪くヘルメットの脱げた頭をコンクリートの角にぶつけてしまった。孝緒は倒れたきり、動かなくなった。

救急車で病院に運ばれたが、意識不明のままだ。所持品から身元がわかったとたん、関係者は互いに顔を見合わせた。

「大富士建設っていやあ、泣く子も黙る超一流企業じゃないか」

「そこの御曹司がなんで俺らのところで働いてるんだ」

「そうと知ってりゃ、もっと楽な仕事をさせたのによお」

現場の責任者が数人の部下に話を聞いてみると、どうやら誰か人を探しながら働いていたことがわかってきた。

「どうも女がらみらしい。探してたのは、その女だろうよ」

「そういえば久能のイチゴ園がどうのこうのって言ってたな。ときどきそのイチゴ園に行ってたらしい。静岡にいたのはそのせいじゃないかね？　たしか日高って名前だったな」

「なんだ、日高のイチゴ園だと！」

たまたま親方は日高の家の仕事をしたことがあり、それ以来、悠介とは飲み友達だ。すぐに日高に電話をすると、悠介も驚いた。

「なんだって、あの孝緒さんが？　そうか、よく知らせてくれた。お見舞いに行くよ。あの人が探してたのは行方不明になったうちの冴子なんだ。こんなとき、ひょっこりあの娘が戻ってきてくれればいいんだがなあ」

一方、連絡を受けた藤山家では大騒ぎになった。すぐに母親の昭恵が静岡の病院に駆けつけ、息子の顔を見てぎょっと立ちすくんだ。色白で気品のあった顔は日に焼け、薄汚れ、やつれ果てている。

担当の医師団から深刻な容態を聞かされ、昭恵は崩れるように息子のベッドの脇にひざまづいた。どっと溢れてきた涙をそのままに、こけた孝緒の頬にそっと触れた。

「ごめんなさい、私が悪かった。あなたがそこまで好きな人なら、反対なんかするべきじゃなかった。それなのに、私は彼女に恐ろしいことを言ってしまった」

昭恵はひとときも息子の傍らから離れようとしなかった。泣いては語りかけ、息子の名を呼んではまた泣いた。

しかし、その努力はついに報われず、孝緒は意識をなくしたまま帰らぬ人となった。盛大な葬儀が執り行われたあと、大富士建設は孝緒の弟・靖男を後継者と決めたのだった。

一方、大阪では精一が浪越旅館の料理長として、相変わらず忙しい日々を送っていた。借金はまだ完済できておらず、いつかは静岡に戻りたいと思っていたが、当分の間はそうもいきそうにない。そんな忙しい日々ではあったが、いつも頭の隅にあったのは、行方知れずになったままの冴子のことだ。

もちろん、それは百合も同じだった。いつか冴子を迎えに行き、利矢と家族四人で暮らしたかった。ときには京都の街を皆で歩き、普通の家族と同じように幸福な一日をすごしたい。しかし、日高の家に電話をかけても、冴子の手がかりはないという返事ばかりだった。

ところがある日、悠介のもとに思わぬところから冴子の消息がもたらされた。伊東にある高延寺の和尚だ。悠介はさっそく大阪の精一に連絡を入れた。

「精一さん、冴子の情報だ。先日、伊東に墓参りに来たんだ。和尚の勧めで寺に一泊して、そのときはまあまあ元気そうだったらしい。だが、その後のことがわからない」

墓参りと聞いた精一はびっくりした。何かの本で〝人間、最期は先祖の墓参をして終わりになる〟と読んだことがある。胸騒ぎがした。

受話器を置いた精一は、「冴子、今、おまえはどこにいるんだ。まさかとは思うが、変な気持ちを起さないでくれよ」とつぶやいた。

もう、いてもたってもいられない。旅館の主に無理を言って休みをもらい、新幹線に飛び乗ると急ぎ伊東に向かった。駅を出るやタクシーを拾い、高延寺に直行した。

「あれ、精一さんじゃないですか」和尚が目を丸くした。「せんだって、日高の悠介さんから大阪にいると聞いたばかりだが、戻りなすったか」

「いえ、冴子のことでやってきました」

「うむ。あの子は両親の居所を知らぬと言ってましたな」

精一は寺にいた冴子の様子を知りたいと思い、その日は高延寺に泊まることにした。和尚も快く精一を迎えた。

「あの日、冴子さんから簡単にいきさつを聞きましてな、ずいぶん苦労を重ねたようだ」

「東京にいたと聞きましたが」

「さよう、東京駅に着いたとたん、ベンチで眠ってしまったそうです。でも、かえってそのおかげで、よい人とめぐり会ったということらしいですな」

精一は夜遅くまで和尚に話を聞かせてもらい、そのたびに一喜一憂した。

「そういえば」と最後に和尚がつけ足した。「寺を出るとき、友達が待ってるからとかなんとか言ってましたな」

「友達ですか。その友達って誰でしょう」

「さあて」そこまでは和尚もわからない。精一も同じだった。

わからなくて当然だった。あれは冴子がついた小さな嘘だったからだ。

その後の足取りについては何一つ手がかりを得られず、精一は肩を落とした。

「もう長く冴子に会っていません。きっと俺を恨んでいるでしょう。こんなに苦労しなくてもいい娘なのに……」

どうしても、もう一度会い、すまなかったと謝りたい。そして抱きしめてやりたい。しかし、今はどうしようもなかった。

3

冴子の悲鳴に驚いた小谷は滝の反対側を見た。そこには大きな岩がいくつかあり、その陰に何かがいるらしい。

「なんだろう」

小谷がつぶやくと、冴子は「人間が隠れたように見えたのよ」と答えた。

「まさかそんな――」

池の縁に沿って歩き出した小谷の後ろから、冴子もこわごわ歩いていく。小谷が頭のライトを点灯させた刹那、岩陰から「わあっ」と声が上がり、一人の男が立ち上がった。

「なんと、こんな地底に人がいたのか」

その姿を見て冴子の頭にひらめいたのは〝古代人〟というイメージだった。

長い髪を頭の両側で束ねて角髪《みずら》にしており、薄茶色の荒い繊維で編んだ貫頭衣を身にまとっている。〝歴史の本で見た聖徳太子の肖像画だ〟と思いついた。

男の背格好は太子の両脇にいる御子の姿に少し似ている。ただ、子どもではない。年のころは三十代か四十代だろうか。丸顔で濃い眉の下で目を見開いている。やや広い鼻は低く、口の周りに黒々と髭をたくわえていた。

その男は小谷のライトによほど驚いたらしく、あわてて手をかざして光を遮った。小谷がスイッチを切ると、ぎょっと頭のライトを見た。

つかの間、両者は無言で見つめ合っていたが、「あなたは誰ですか」と小谷が尋ねると、男はもごもごとしゃべりながら、うやうやしくひざまずいた。

「あの、いったいどうしたんですか」

小谷は男の言っていることを聞き取れなかった。しかも、彼が一歩近づくと見知らぬ男は平伏し、また何かをしゃべった。同じ言葉を繰り返したらしい。

「こいつは困ったな」

小谷は苦笑混じりに頭をかいたが、逆に冴子は真剣な表情になった。

「この人、私たちのことを〝カム〟とかなんとか言ったんじゃないかしら」

「えっ、彼の言葉がわかるんですか?」

「私たちと同じ言葉のように聞こえたんです。ただ、訛っているというのかしら、聞き取りづらいところがあるの」

冴子が試しに、「顔をあげて、こちらを向いてください」と言うと、男はおそるおそる顔を上げ、先ほどと同じようにしゃべった。

注意深くそれを聞いていた小谷は「そうか!」と思わず手を叩いた。「神漏美《かむろみ》、神漏岐《かむろき》か!」

小谷は冴子を振り向き、

「あなたを女神さまだと言ったんです。それで僕も男神だと思っているらしい」

「神さまと間違えているんですか」

「そうらしいんですけど」

小谷は自分のぼさぼさの髪と無精髭を指さし、「でもこんな格好じゃあね」と苦笑した。

「いいところ鍾馗さまって感じですよ」

「でも、どうして日本の言葉を話すのでしょう」

「それなんですが、さっきの伝説を思い出してください。この人が神隠しで消えた人々の子孫だと考えれば辻褄が合うでしょう？　最初から日本の言葉だと思って聞けばよかったんです。もしかしたら、古代の倭《やまと》言葉に近いのかもしれませんよ」

小谷も男の言うことがだんだんわかるようになってきた。

話す言葉は二人のそれと似ているが、男の発音には曖昧な中間音が多用されている。聞き取りにくいのはこのためで、「を」は〝うお〟に聞こえるし、〝い〟と〝え〟の中間や〝あ〟と〝お〟の中間といった曖昧な発音もあった。ただ、男のほうでは小谷や冴子の言葉をさほど苦労せずに聞き取れるらしい。

改めて小谷と冴子は自分たちの名を名乗り、知らぬ間にここに来てしまったと事情を話した。するると男は〝ウラベ〟と名乗り、また同じようにしゃべった。

今度は小谷も冴子も意味がわかった。

「高天原の男神さま、女神さま。この国にご降臨くださり、ありがとうございます」

今まで、男はそう言って平伏していたのだった。

「でも、私たちは神さまではありませんよ」

冴子はそう言ったが、男は二人を神さまだと頑なに信じ込んでいるらしい。特に冴子の美貌には感銘を受けたらしく、憧憬のこもった子どものような眼差しを向けてくる。

「困ったわ」

冴子は間違いを正したかったが、小谷は気にしていないらしい。

「こうして会ったばかりですし、無理に正さなくてもいいでしょう。それより、聞きたいことがたくさんあります。なにしろ、この人には古代人の面影があるし、ウラべという名に興味もあります。ことによると、古代の日本で占いをしていた卜部《うらべ》氏と、何らかの関係があるのかもしれません。古代の伊豆国には、たしかに卜部一族がいたんです」

ウラべと名乗った男はその話を聞くと二人を大岩の陰に案内した。

「あっ」

小谷と冴子が同時に驚きの声を上げた。

「黄金像だ。純金なんだろうか」

岩壁の窪みに石が積み上げられ、祠のような社《やしろ》が作られている。中には布が敷かれ、その上に黄金色に輝く男女二体の立像が安置されていた。黄金の輝きもさることながら、そのできばえもすばらしく、精緻といってもいいくらいだった。

男性像は五〇センチほどの高さで、上半身は裸体、下半身は布で覆われている。女性像はそれより五センチほど低く、首から下は貫頭衣に似た衣をまとっている。どちらの像も表情はおだやかで、頬がふっくらとしており、目と口は閉じられていた。

「仏像かしら」

「僕たちが知っている仏像とは違いますけど、似ていますね。ただ、ウラベさんの姿は仏像が渡来した六世紀ごろより古い時代を連想させます。独自の神々を形にしたものでしょう」

ふと気づくとウラベがいなくなっていた。その刹那、後ろを見た冴子が驚きの声を上げた。

「まあ、あんなに！」

一〇〇人ほどの人々がウラベに連れられて入ってきた。背後の壁に大きな出入口があり、その向こうに隠れていたらしい。号令をかけている様子を見ると、ウラベがこの地底の国の長なのだろう。

ウラベに率いられた人々は二人の前に来て平伏し、ウラベもひざまずいた。

「ご降臨なされました現し身の神々さま。どうか、わが国と民をお守りください」

小谷は二体の黄金像と自分たちが同一視されていることがわかった。

「ここは仕方ありません。彼らが信じたいようにさせておくしかないでしょう」

冴子にそう囁いた小谷はウラベを立たせ、全員に顔を上げるよう頼んだ。

見たところ、男女の数はほぼ半々のようで、誰もが同じ貫頭衣をまとっている。男性はウラベと同じく髪を角髪に束ね、女性は垂髪にしていた。

「ここにおられる方々が民びとのすべてですか?」

「さようにござります」

人々のなかに祈禱をする者もいるらしく、一歩前に出ると幣《ぬさ》のようなものを振りながら二人にうやうやしく頭を下げた。それが終わると人々が近くに来て、神々の手を押し頂くように礼拝《らいはい》した。なかには「美しい女神さまの御手に触れた!」とはしゃいで大喜びをする者もいる。

「ああ、ありがたきかな、ありがたし、ありがたし」

「うれしうれし。ありがたし、ありがたし」

二人と祠の周りに、ゆかしくも古風な感謝の言葉が溢れ出した。

やがて幸福そうな顔で人々が広場から去ると、ウラべは「どうか、わが国をご覧くださいますよう」と一礼した。

二人が来た出入口を除くと、この広場から出るには民びとがやってきた通路しかない。ウラべはその穴に向かいながら池を指さして〝大池〟と呼び、広場全体をぐるりと示し、「ここは古《いにしえ》より神地《かむどころ》となってございまして、神御殿《かむごてん》とか神殿と呼んでおりまする」と説明した。

冴子がそっと小谷に尋ねた。

「神地とは神々の鎮まるところ。神御殿とは神の宿る社、神社でいえば本殿のことです」

つまり、二人はこの地底世界で最も神聖な場所に出現したのだった。

ウラべの案内で神殿の広場を出ると、ほぼまっすぐな通路に出た。幅は五メートルくらいで、天井までは二〇メートルほどありそうだ。白い花が少ないので薄暗いが、ほどなくして通路の両側にやや明るい空間への入り口が現れた。

ウラベは左の入り口のほうに二人を導いた。

「ここは根を採るところにございます。柔らかく細いところで布地を織り、みずみずしく太ったところは食べられまする」

そこは直径四〇メートルほどの空間で、岩壁にある細い亀裂から植物の根のような繊維が無数に伸びていた。ゴツゴツした岩の地面の窪みに澄んだ水が流れており、根はその水の中に広がっている。

「どんな植物の根だろう」

しゃがみこんだ小谷は細く長い根を手に取ってみた。

「ずいぶんしなやかな繊維だなあ。しかも軽い」

冴子はぽっこり太くなった部分に触れている。

「まあ、ずっしりと重いわ。まるでお芋みたい」

ウラベは、「どれも神々からの御恵にござりまする」と言って一礼した。

通路の反対側には温泉が出ており、その奥には地熱による高温の蒸気が噴き出す部屋もあった。

誰もが自由に温泉に入れるし、奥の部屋では地熱を利用して煮炊きができる。もちろん、燃料はいらないし、火を使わないから炭酸ガスも出ない。

「なんて合理的な世界だ。温泉や地熱はこの地下世界を温暖に保っています。いわば暖房の役割も果たしているんですよ」

両側の部屋を見た二人は通路に戻り、ウラベとともに先に進んだ。やがて通路はぐっと左に折れ、そこを進むと広い空間に出た。

ウラベが「わが国の中心、大廊下でございます」と説明すると、二人は目を瞠った。

「これはすごい！」

「なんて立派な――」

そこは廊下と呼ぶには広大すぎた。幅一〇〇メートル以上の平坦な回廊がほぼ一キロにわたって開けていたからだ。しかも、その遥か頭上には直径数十メートルはあろうかという巨大な岩のつららが無数に下がり、白い花が鈴なりになって光り輝いている。

二人の賞賛の言葉を聞いたウラベは、「お褒めに預かり、恐悦至極に存じます」と満足そうに一礼し、静かに二人を促して歩き出した。

ところどころに大きな岩棚があり、衣や履き物、道具などがたくさん置いてある。

「織物の得手な者がつくっておりまして、誰でも好きなだけ使ってよいのです。もし破れたり壊れたりしても、ここに戻しておけば直して元通りにしてもらえます」

大廊下の両側の壁にはいくつかの出入口があり、その内部は小さな部屋のように分かれており、民びとたちの居住空間になっていた。誰もが自分の部屋を持ち、好きなことをして暮らしている。中には二つの部屋を持って、好きなときに行き来する者もいるらしい。

やがて大廊下はゆるやかに左に曲がり、その角の頂点のところに食器らしい道具が置いてあった。そのなかには、長い箸や黒曜石らしい包丁のような器具も並んでいる。

「これも道具づくりを得手とする者がつくります。誰でも使ってよいのです」

ここを過ぎると大廊下の幅が急速に狭くなり、神殿近くの通路とそっくりになった。ただ、こちらの通路はゆるやかに蛇行しており、それを道なりに進むうち、妙に懐かしい匂いが漂ってきた。

「変だわ。潮の香りがする」

冴子がそうつぶやいた直後、通路はまた大きな空間に出た。ほとんど大廊下と同じくらいの広さがある。

ウラベがまた一礼し、「わが国の〝海〟でございます」と言った。

「これは――」

「まるで磯だわ!」

広い空間の向こう側はずっと奥まで水を湛えた〝海〟だった。その手前にはゴツゴツした大岩があり、その窪みに水がたまっている。それよりこちら側は少し高く、水はまったくなかった。

二人は磯のほうに行き、たまっている水を嘗めてみた。

「塩水だ。海水だよ。となると、相模湾とどこかでつながっているわけか」

このときウラベが「あちらの跡で水の高さがわかりまする」と言いながら海側の壁を指さした。

七〇メートルほどの距離があったが、向こうの壁にくっきりと黒く濡れた跡がついていた。今の海面より数メートル上までだ。

「満潮になりますと、あの黒いところまで水が上がり、磯の部分まですべて沈んで見えなくなりまする」

「では、今は干潮なのですね？」

「さようにございます。干潮になりますと、岩の窪みに残された水にたくさんの魚や海草がございまして、必要なだけ捕るのでございます」

岩の窪みといっても、それぞれが小さなプールほどもある。よく見ると、黒い魚影がゆらりと動くのが見えた。

「これはすごい。まるで生け簀じゃないか」

小谷が感心すると、ウラベは誇らしげに一礼した。

「捕れるのは魚だけではございません。あちらの奥のほうには丸々とした身の大貝がたくさんついた岩があり、その近くには大海老や大ガニなどの隠れる穴もございます。いずれも漁を得手とする者が赴き、神々や皆のために捕りまする」

このとき、ちょうど水中から網を引きあげた数人の男女がいた。三人が近づいていくと、彼らは魚を袋に入れて一礼し、小走りに奥のほうに向かった。残った数人は網をたたみ、やはり奥の岩壁のほうに歩き出した。

ウラベも二人を促してそちらに向かい、「これで当国を一巡りいたしました。神殿に戻ることにいたしましょう」とにこやかに一礼した。

つまり、この国の主要部分はほぼドーナツ状で、通路と大廊下と海が円を描いてつながっている。そして、その中心部分に民びとの住居空間が広がっていたのである。

突き当たりの岩壁に着くと、やや急ではあるが人の通れる坂道があり、これを登ると平坦な廊下になった。そこは天井が高く、道幅も七、八メートルあるものの、壁のあちこちから水がしみ出しており、それがせせらぎとなって足下を流れていく。

「この先が神御殿の大池につながっております」

小谷が「もしかして、あの滝かな」とつぶやくと、冴子が不安気な顔で振り向いた。

「きっとそうよ」

数十メートルほど歩くうち、通路は徐々に下り坂となり、滑らかなスロープにつながっている。ここで民びとたちは畳んだ網を頭上に持ち上げ、滑り台さながらに降りていった。

「私もここから下りるのですか？」

心許なげな冴子を見て、小谷が進み出た。

「僕から下ります。無事に着いたら合図しますよ」

冴子がうなずくと、小谷は民びとがやったように滑り降りた。やや間を置いて、「大丈夫です」という小谷の声が聞こえると、冴子も観念して滑り出した。

覚悟したほど速くもなく、少し滑ると神御殿の広場を一望する眺望が開けた。冴子は俯瞰する景色に目を瞠ったが、スロープはここから急になり、ぐるりと曲がっていた。冴子は悲鳴を上げながら大池に着水した。

「怪我はありませんか」

心配そうな小谷が近寄ってきたが、その顔を見ると急に冴子は笑い出した。

「楽しかった」

素直にそう言った。下りる前は怖がっていたのに、途中から何もかも吹っ飛んでしまった。

「ここは何か、大人向けの遊園地のようですね」

うなずいた冴子は網を洗う人々や滑り下りてきたウラベを見て微笑んだ。

「凄いところだわ。皆で助け合い、とてものんびりと暮らしている。争いも憎しみも自分勝手な欲望もない。おカネというものがないし、競い合う必要がないのよ。初めはこんな地底に閉じ込められて気の毒な人たちだと思った。でも、ほんとうは楽園だった」

「冴子さん、大丈夫？」

「ええ」冴子は微笑みながら泣いていた。

「強い人にとってはきっと退屈な国なのでしょうね。でも、私にとっては救いだわ」

やがて海が満潮になると、地底の人々は食事を始めた。地熱で調理はできるが、新鮮な魚が捕れるので生で食べる者も多い。食事が終わると、三々五々住居のある洞窟に戻っていく。自分の部屋に帰り、いっせいに眠るのである。

それを知った小谷は「合理的な習慣だ」と感心した。

「昼夜のない地底だと時間経過の感覚が狂うそうです。僕たちも同じようにしましょう」

〝神さま〟の二人は最初にウラベと出会った広場、つまり神殿が住居となった。しかし、眠るとなると明るすぎ、広すぎた。

結局、金鉱脈の部屋に行き、真ん中を布で仕切って眠ることにした。岩の床は硬かったが、もらってきた布を何枚か敷くと気にならない。天井にほとんど光る花もないので、ちょうどよい暗さになった。その上、夜空にさざめく星屑のような光まである。

しかし、冴子は寝つけなかった。仕切りの向こうの小谷も眠っていないようだ。

「小谷さん、まだ起きてるの？」

「冴子さんもですか。いろいろあったせいか、目が冴えてしまいました」

「でしたらお聞きしてもいいですか？」

小谷が「どうぞ」と答えた。

「どうして、地上に戻れなくてもいいと思ったんですか？　いくら研究しているといっても、戻らなくてはそれっきりでしょう？」

小谷はわずかにためらったが、「僕は白血病なんです」と答えた。とたんに仕切りの向こうで冴子が起き上がる気配が伝わってきた。

「悪いことを聞いてしまいました。ごめんなさい」

「構いません。父も祖父も同じ病気でしたから遺伝でしょう。母も早くに亡くなりましたので、僕は大学を出るためかなり無理をしました。それも悪かったのだと思います。医者から治療を勧められましたが、いずれにせよあと半年ほどの命です。だから、ここを見られるなら、思い残すことはないと思ってました。もっとも、ここは忘れられた遺跡にすぎず、生きている人がいるなんて思ってもみませんでした」

そう言うと、小谷は「冴子さんのことをお聞きしてもいいですか？」と尋ねた。

冴子はまた横になり、「私、伊東で生まれたんです」とつぶやいた。つかの間忘れていた家族のことや孝緒の顔が脳裏によみがえってくる。

「ここに落ちる前、行くところがなくなっていました」

一越亭のことや散り散りの家族のこと、そして自分を好きだと言ってくれた孝緒のことを思いつくままに話した。

「気の毒に。それほど愛した人と引き離されるなんて……。僕なんかよりずっと大変な思いをしたのでしょうね」

「いろいろありましたけど、ここに来て吹っ切れました」

小谷は滝の滑り台で下りてきた冴子の笑顔を思い出した。

「僕も元気が出てきたような気がします。今日一日、健康な人のように動き回っていたんですからね。なんか怖いものがなくなった気分です」

「私もです。ここの人たちのように気負わず、やりたいことをすればいいんだわ」

翌日から二人は民びとたちに混じり、いろいろなことをやり出した。最初、冴子は〝神さま〟と呼ばれて頭ばかり下げられたが、それがいつしか〝姫さま〟に変わり、一緒に布を織るようになった。作りたかったのは自分と小谷が着る服だ。

一方、小谷は魚の骨で釣り針を工夫し、干潮のときを見はからって釣り糸を垂れた。岩の窪みはまるで釣り堀のようだ。二人ともあるときには民びとたちと一緒に滝の滑り台で遊び、大池で泳ぐこともあった。まさに、この地下洞窟の国はオアシスのような世界だった。

ところが、そんな夢見るような日々がしばらく続いたころ、冴子に異変が起きた。突然「気分が悪い」と言い、ひどく嘔吐して倒れたのである。

4

初老の女が寝息を立てる冴子の表情をじっと見つめている。小谷たちが地底の国に来たとき、幣を振って祈りを捧げた祈禱師である。小谷はその斜め後ろで、心配そうな顔をして座っていた。神御殿の広場で冴子が倒れたとき、小谷はとりあえず冴子を寝所に横たえてウラベに相談した。ウラベは〝すぐに行きます〟と言ったが、やってきたのは祈禱師の女性だった。名を聞くと、祈禱婆《きとうばば》だという。

やがて祈禱婆は振り返り、心配げな小谷の耳にそっとささやいた。

「まことに、めでたきことにござります」

「え?」小谷はぽかんと相手を見つめた。

「御子さまが宿っておられます」

「……というと?」

一瞬、苦笑した祈禱婆が座ったまま小谷に向き直った。

「姫さまがご懐妊あそばされたと申し上げているのです」

「なに――」思わず小谷は祈禱婆の肩越しに冴子の顔を凝視した。「それはつまり、妊娠しているということですか」

「さようにございます」

内心に交錯する嵐とは裏腹に、小谷は無言でたたずんでいた。が、物問いたげな祈禱婆の視線に気づくと首を横に何度も振った。

かすかなため息とともに祈禱婆は一礼し、「病にあらずといえど、姫さまの御身大事に変わりなきこと。当国の者、神御殿の寝所に入ること能わぬ上は、折々にこの祈禱婆めが参上申し上げます。民どもにはせめて炊食《すいしょく》の手当をさせますゆえ、差配諸々お許しをいただきとう存じまする」と、噛んで含めるように言った。

「ど、どうかよろしくお願いします」

それ以後、民びとたちは少量の食事を頻繁に運んでくるようになった。多くは〝塩汁〟という流動食で、根の芋をすり下ろし、白身魚でとった出汁で溶いた高栄養のものだ。冴子はひどい吐き気に悩まされながらも、それだけは何とか喉を通るようだった。

冴子が寝ている間、小谷は邪魔にならぬよう、広場の入り口近くにいることが増えた。祈禱婆の指示で食事が運ばれてくれば、それを寝所に運ぶのは彼の役割だ。それに時には心配顔のウラベがやってきて、冴子の様子を聞くこともあった。しかし、入り口あたりにいた本当の理由は、冴子が呼ぶ声がよく聞こえたからだ。体調の悪いとき、冴子はとくに心細くなるらしい。冴子の声が聞こえると、小谷は飛ぶように寝所に戻っていった。

「気分はどうだい？」

「今はだいぶ楽よ。でも、なんか病気にでもなったみたい」

「がんばれ。きっと、もうすぐおさまると思う」

もう二人は兄妹のように話すようになっている。妊娠や出産など初めての冴子ではあったが、小谷がそばにいると少しは安心できるらしい。しばらくすると冴子の悪阻もおさまり、お腹も徐々に大きくなっていった。食欲が戻るにつれて冴子は元気を取り戻し、やがて一人の男の子を出産した。

赤児を取りあげたのは祈禱婆だ。小谷は広場の入り口あたりで落ち着かないまま行ったり来たり……。

「心配だ。心配だ」

赤子の泣き声が聞こえたとたん、小谷は文字通り飛び上がった。

「〝孝志〟って名付けようと思うの。どうかしら」

生まれたばかりの子を抱きながら、冴子は小谷に相談した。父親の名前から一字をとった候補をずっと考えていたらしい。

「いい名だね。きっと立派な志をもった父親そっくりの男の子になるよ」

「そうね。小谷さんがそう言うなら、孝志に決めた！」

そんなあるとき、ウラベが小谷のところにやってきた。冴子の回復を待ち、民びとたち全員で御子神さまの誕生を祝う祭りを催したいというのである。

「それはいいですね」と小谷は喜んだ。

出産以来、乳飲み子を抱えた冴子はろくに散歩にも出ていない。時には気晴らしが必要だと思っていたところだった。

「ウラベさん、祭りをやるのだったら、ちょっと思いついたことがあるんだけど」

二人は低い声で何やら相談を始め、やがて大廊下に移動して全員を集めた。その中心にいるのは小谷で、その手には海に流れてきた流木の細い枝を握っていた。

小谷は布きれをほぐして岩の小さな穴に詰め、木の枝をそこに入れて回し始めた。原始的な火興しだ。しばらくすると、穴から小さな煙が上がってきた。すかさず布をかざして息を吹きかけると赤い炎がぱっと燃え上がった。

とたんに周囲から驚きの声があがる。

「さすがに男神さまじゃ！」

ウラベも目を丸くしている。

小谷は火のついた布を岩の窪みに置き、ほぐした布の切れ端を放り込んだ。

「ああっ！」

火が一気に燃え上がり、赤い炎が高く立ち上がった。

「祭りを盛大にやるなら、大きな焚き火がいちばんです。一度くらいなら空気も悪くならないし、大池のそばでやれば火事の心配もない。皆さん、どうでしょうか？」

ウラベも民びとも、目を丸くしたまま手を叩いた。

祭りの当日、民びとたちは神御殿の広場にたくさんの食べ物を持ち寄り、根の芋からつくった甘い飲み物も準備した。そして、大池のそばに古くなった布と海に流れてきた木を薪として積み上げた。あらかじめ皆で集め、乾かしておいた流木だ。

準備が終わると、小谷はまた火をおこし、炎を焚き火の山に移した。やがて火は大きくなり、小谷の上背よりも高く燃え上がった。

ウラベが不思議なリズムの歌を歌い出すと、全員が輪になって踊り出した。小谷も見よう見まねで踊り、その輪に入る。

たき火の周りで踊る彼らの影が広場の壁に映しだされ、神御殿は原始の歌とともに幻想的な絵のようになる。

冴子が赤児を抱いて現れたのがこのときだ。誰もが御子の誕生を祝い、全身でその気持ちを表している。徐々に踊りは激しくなり、やがて最高潮に達した。全員が跳びはね、足を踏みならし、激しいリズムで手を叩く。最後に全員が踊りながら冴子と御子の周りに集まると、彼らをじっと見ていた御子が急に大声で笑い出し、大拍手で幕切れとなった。

この日、強い感動で心を揺さぶられた冴子は、彼らの素朴なやさしさと激しく美しい踊りにうっとりと酔ったのだった。

祭りの少し前から、小谷は自分の体に起きている奇妙な変化を感じ取っていた。やせ細っていた腕に筋肉がつき始め、胸板が張って火照っている。頼りなかったはずの健康状態が良好なまま安定し、むしろ足元からエネルギーが湧いてくるような気がした。

「不思議だ。僕の身体に力が戻ってきた。もう父さんたちのような症状も出てこない。病気が自然に治ったとしか思えないぞ」

こうなると、この国のことをもっと調べたい、研究を続けたいという意欲が湧いてきた。ここに来たときは〝これで死んでもいい。思い残すことはなくなった〟と考えていたが、健康になったのなら話は別だ。

「僕は神隠しの伝説を信じ、この洞窟世界を見つけた。それだけで大発見じゃないか」

地上に戻って論文にすれば、学界も世間もきっと大騒ぎになるだろう。古代に書かれた伝説が真実だったとは、小谷以外の誰も考えていなかったのだから。しかも、この国にはまだ人が生きて暮らしている。〝生きた遺跡〟と言ってもいい特殊なケースだ。新聞記者たちはもちろん、誰もがこの世界のことに興味を持ち、理解したがるだろう。

「いや、待てよ――」

神隠しの伝説が始まった時代を推測すると、この洞窟世界は一〇〇〇年、いや二〇〇〇年くらい前から地上から隔絶されていたことになる。だったら、その大昔の痕跡がどこかに残されているに違いない。それを発見できれば、まさに世紀の大発見だ。

「よし、やってみよう。頑張るぞ」

小谷は張りきって拳をふり上げた。

このときから小谷は〝遺跡の中の遺跡探し〟に夢中になった。あちこちを歩き、小さな横穴や岩の崩れた跡などを丹念に見て回る。頭の隅では〝そのうち地上に戻れるだろう〟とぼんやり考えるようになっていたが、今は研究に没頭していた。

一方、冴子のほうも、まだ幼い孝志の世話にかかりきりで、小谷と同じように地上のことはぼんやりと考えるだけだった。この洞窟世界のことは好きだったし、今のところは何の不満もなかったから、地上に戻りたいと強く考えることはない。むしろ、居場所のなくなった地上に比べ、ここは天国のように感じていた。

そんな日々が重なるうち、小谷と冴子はこの国にとけこみ、民びとたちと同じ住居に移った。大廊下の手前の洞窟に入り、右側に進むと三人の部屋に入る穴がある。その内部はいくつかに分かれており、それぞれの個室と寝室にした。

隣の住居には〝ヨシ〟と名乗る元気な女性が住んでおり、きれい好きな夫はこの世界を清める仕事に精を出しているという。岩屑が落ちたと聞けば片づけにいき、埃がたまっていれば干した海草でつくった箒をかける。

この夫婦にも幼い子・イトがおり、孝志が歩けるようになると一緒に遊ぶようになった。ヨシの子・イトは孝志より少し年上だったが、やがて孝志のほうがずっと背が高くなった。冴子や小谷が日本の歌を歌うと、孝志はすぐに覚え、それを忘れなかった。

「なんだか、孝志の記憶力はすごいな」

小谷が大げさに感心すると、冴子は〝親バカね〟と笑う。本当の父親は孝緒なのだが、孝志は小谷のことを〝パパ〟と呼ぶ。今、冴子もそれが自然だと感じていた。

「だって小さい子どもは記憶力がいいものでしょう。孝志だけ特別だとは思わないわ」

「そうかなあ」

小谷は久しぶりに自分のリュックを引っぱり出した。その中にはライトや水の検査キットのほかにもいろいろなものがある。フィールドワークに慣れた研究者らしく、ノートやペンはもちろん、ロールメジャーや拡大鏡なども入れてあった。海外に行くことも想定して日本語と英語のコンパクトな辞書や地図もあったし、当然ながら歴史の参考書もある。研究者としての七つ道具だ。

「そろそろ孝志に勉強を教えよう。冴子さんは頭がいいし、僕だってこう見えても大学の講師だったんだからね。地上に戻れるかどうかは別として、孝志には十分な教養を身につけていてほしい。ぜひ、そうしてやりたいんだ」

「いい考えだわ。それは親の責任だもの」

冴子が地上に帰ることを考えたのは久しぶりだ。今、家族たちはどうしているのだろう。行方の知れなくなった両親は無事だろうか。

「地上か。戻る日が来るのかしら」

小谷はときどきそのことを考えているらしい。もしそうなるのなら、他の子どもたちより知識が劣っているようでは孝志がかわいそうだ。

「小学校の教え方は知らないけど、小さいころにどんな勉強をしてきたかを思い出せば、それに近いことはできるだろう」

小谷は数冊のノートを孝志の学習用にして、残りを研究ノートにした。黒曜石のナイフで鉛筆を削り、ロールメジャーの目盛りをもとに定規や三角定規、分度器をつくった。どれも大きな魚の骨や流木を使い、同じ材料でコンパスやディバイダもできた。

次に隣のヨシさんから夫が掃除中に見つけたという蠟石をいくつかもらい、部屋の黒くて平らな岩の壁に文字を書いてみた。湿った布で拭けばすぐに消えるから、黒板代わりになる。こうして〝寺子屋〟の準備が進んだ。

やがて、それら勉強道具の目的や使い方を教えてみると、孝志は目を輝かせて喜んだ。

「はじめに平仮名を勉強しましょう」

冴子はきれいな字で〝あいうえお〟と黒板に書き、ひとつずつ声に出して読んでいった。孝志はそれを真似して読み、ノートに文字を書き写していく。すると、平仮名の五十音をたった三日で覚えてしまった。四日目にはお手本を見ずに書き出した。しかも、字の形も冴子が書いた字とそっくりに美しい。

「ほら、僕の言ったとおりじゃないか。孝志の記憶力は特別いいんだよ」

「驚いた。本当にそうかもしれないわね」

孝志はカタカナも簡単な漢字もすぐに覚えた。日本語に平仮名、カタカナ、漢字、ローマ字などがあることも知ったが、その区別を理解するのに多少の苦労をした。普通の子どもはそれらの多くを生活を通して自然に理解していくが、孝志はそれを経験できない。しかし、孝志は仮想のイメージを膨らませることでこれを克服した。

「優秀なのは記憶力だけじゃなかったな。孝志のいちばん優れているのは、想像力かもしれないぞ。実はそれこそが学者に絶対必要な素養なんだ」

小谷がそう言い出しても、冴子はもう〝親バカだ〟とは言えなくなった。それほど語学の力が発達しているなら、そのうち英語も使いこなすようになるかもしれない。

ところが、孝志が最も得意とするようになったのは算数だった。簡単な足し算と引き算から始まり、あっという間に九九を覚えた。それをもとに割り算を理解すると、すぐに分数、小数の計算へと進んだ。

「なんと、論理的な思考でも優れてたのか。孝志の頭脳は万能だな」

孝志の成長と賢さに驚き、小谷は目を丸くしたり細めたり大忙しだ。

冴子もうなずいていたが、あるとき、隣のイトと遊んでいる孝志を眺めながら、真剣な表情で小谷に聞いてきた。

「小谷さん、あの子の学習が進むのはけっこうだけれど、それだけでいいのかしら」

「というと？」

冴子は大池や岩だらけの広場をぐるりと示した。

「ここと地上ではまったく違う世界よ。地上に戻る可能性があるのなら、その違いをもっと教えておいたほうがいいんじゃないかしら」

「なるほど、もっともだね」

孝志は岩の滑り台で遊び、イトと一緒に水をかけ合ってはしゃいでいる。ここは毎日そんな暮らしをしていればいい世界だ。

「ずっとここにいるという選択肢もあるよ。そうすれば孝志を地上に連れていく必要もないし、一生、気楽に暮らしていけるだろうね」

「そのこと、私も考えたの」

争いも憎しみもなく、食べるものに困ることもない。おカネのためにあくせく働く必要もなく、人間関係にストレスを溜めることだってない。冴子や小谷にとっては天国だ。孝志にとっても同じかもしれない。

しかし、小谷は首を振った。

「でも、それじゃだめだよ。冴子さんと僕はともかく、孝志はこれからの人間だ。しかも、すごく優秀だよ。このまま地底洞窟にいれば気楽かもしれないが、彼のもっている可能性を殺すことになる」

冴子もうなずいた。

「そうよね。私もあの子を地上に送り出して、普通の日本人として生活させたいと思う。だから、ここと地上の違いを教えましょう。いつか地上に戻ったとき、せめて孝志が戸惑わないようにしておきたいの」

最初、小谷はこの洞窟の世界に来たいきさつを孝志に話して聞かせた。

「へえ、パパもママも、ここで生まれたんじゃないのか」

「そうだ。ここの人たちは〝高天原〟と言うけど、実際は地上というところにある日本という国で生まれた。父さんも母さんも、日本からここに来たんだよ」

「地上って、どんなところなの」

「そうだな。洞窟の外にあって、この国より遥かに広い。朝になると太陽が昇り、太陽が沈むと暗い夜になる。お月様が出ると少し明るいけどな。それから日本には四季というものがあってね、夏は暑くなるし冬は寒くなるんだ。ここは暑くも寒くもならないけれどね」

「ふうん、暑いってどんなふうなの？」

「ずっと温泉に入っているような感じかな」

「ああそうか」

「逆に、寒いというのはずっと大池の水の中にいる感じ。もっと寒くなると水が石のように固まって、触っていると痛くなるほど冷たくなる。それを氷っていうんだよ」

「へえ、地上って大変なんだね。それじゃ水遊びもできないよ。それに比べてここはいいや。温泉に入ればポカポカだし、大池で泳ぐとひんやりして気持ちいい」

「そうだな、ここはいいところだ」

冴子は英語も教え始めた。洞窟の世界では正確な時間がわからず、孝志の年齢もはっきりとはわからなかったが、小学校の高学年になっているころだ。孝志の能力なら、そろそろ教えても早くはない。実際、孝志は教えるそばから身につけていく。まさに末恐ろしいほどの賢さだった。

いつのころからか孝志は小谷の遺跡調査に興味を持つようになった。例によって、調査の目的を教えると、地上の歴史を知りたがる。太古の歴史はこの世界にも関係する部分があるため、孝志はことのほかおもしろがった。

やがて孝志は小谷の調査に同行するようになり、横穴を見つけては岩を持ち上げ、奥の様子を調べる。そんなことをするうち、孝志の体に筋肉がつき、引き締まってきた。もともと上背があった孝志だったから、ここ数年でぐっとたくましくなった。そして、体が大きくたくましくなるにつれ、ママを母さんと呼び、パパを父さんと呼ぶようになったのだった。

ただ、二人はこの世界でまだそれらしい遺跡を見つけていない。小谷は〝あてがはずれたか〟と内心諦めかけており、むしろ孝志のほうがやる気を出していた。

「ねえ父さん、大廊下の向こう側に変な横穴を見つけたんだ。まだ中を見られないけど、今度こそ古い遺跡じゃないかな」

「ほう、まだそんな横穴があったのか」

小谷は孝志に手を引かれるようにして大廊下を突っ切り、海に向かう細い通路に入った。白い花が少ないため、薄暗くなっている。

「ここだよ」

この通路はやや蛇行しており、ちょうどいちばん曲がっている頂点の壁に小さな窪みができていた。

「ふうん、この周りだけヒビが入ってるな。表面が脆くなってるだけなのか、それとも穴を塞いだ跡が崩れてきてるのかな」

小谷が表面の一部を崩すと、岩屑がぼろぼろと落ちてきた。その下にもヒビがある。

「なるほど横穴かもしれん。これはおもしろそうだぞ」

「ほら言ったとおりでしょう！」

孝志がはりきって岩を崩し始めた。たくましくなった腕の筋肉がぐっと盛り上がる。表面を崩し、いくつかの大きな岩をごろんと外すと、横穴の入り口がぽっかりと現れた。

「やっぱり横穴だよ！」息を弾ませながら、孝志が叫んだ。

「中を見られるか？」

入り口といっても、まだ狭い。かろうじて頭を入れたが、孝志はすぐに引っ込めた。

「このままじゃダメ。穴の中は真っ暗だよ」

「だったら、これで照らしてみろ」

小谷はリュックからヘッドセットのライトを出して孝志に渡した。それを頭につけ、孝志はまた穴に頭を入れる。

「あっ、光った！」

その後ろで小谷がやきもきしながら待っている。

「何が見えた！」

身を起こした孝志は興奮気味に「奥のほうに金色に光る像があったよ」と言った。

「黄金像があったのか！　それはすごい。あの広場の祠にあるのと同じか？」

「どうかなあ。似てるみたいだけど、そこまではっきりわからないよ」

「じゃ、ほかには何が見えた」

孝志は首を振った。

「像は光ったからわかっただけで、そのほかには何も見えなかったんだ」

「そうか。とにかく入り口を広げないとな」

しかし、その入り口はかなりしっかりしており、簡単に広げられそうになかった。いったん二人は住居に戻り、冴子がつくってくれた食事をとった。

「ねえ父さん、なんで〝金〟ってすごいの？　光るから？」

食べ終わると孝志がそう聞いた。先ほど小谷が〝すごい〟と言ったのを覚えていたらしい。

「〝金〟か。この国ではどうということはないけど、父さんや母さんがいた地上では価値が高いんだ。地上では生きるためにおカネというものが必要でね、〝金〟を売ればたくさんのおカネになるんだよ」

「おカネ？　みんな〝金〟を売っておカネに代えているの？」

金銭の話は小谷も冴子も好きではなかった。特に冴子にはいい思い出がない。しかし、いつか地上に戻るつもりがあるなら、おカネについても教えなければならない。

「中にはそういう人もいるけど、普通の人は働いて得るんだ。つまり、自分の労働力を売るんだね。いろんな働き方があって、それを職業っていうんだよ」

「へえ。どんな職業があるの？」

「この国にも魚を捕ったり貝を捕ったり、洞窟をきれいにしたりする人がいるだろう？　地上にはもっとたくさんの種類がある。家を建てたり、おいしい食事をつくったり……」

小谷と冴子は思いつくまま、職業名を並べた。

「本当にたくさんの働き方があるんだね。僕だったらどうするか迷っちゃうよ」

「子どもはすぐに決めなくていいんだ。最初に学校へ行って、一生懸命勉強するんだ。孝志がいつも勉強しているようにね。勉強をするうちに自分がどんな職業に向いているか、何をしたいのかがわかってくる。そうして社会に出て一生懸命働くと、その報酬としておカネをもらえるんだよ」

「そうか。日本って国は面倒なんだね」

「まあそうだが、豊かな国だよ。昔はね、何を間違えたのか戦争に負けて貧しくなったこともあるけどな。今じゃみんな一生懸命に働いて食べ物や着る物を買い、家を建てる。自動車を買い、人間同士の付き合いもする。そのすべてにおカネがいるんだ。おカネをたくさんもらうために勉強して、いい学校に進む。これが人間の生活なんだよ」

「おカネのことはわかったけど、戦争ってなに？」

「国どうしの喧嘩だ。それも相手の国民を殺して物資を奪い、国土も奪う」

　孝志は「喧嘩なんてやだな」とつぶやいた。

「ここなら、みんな仲良しなのに……」

「そのとおりだ。でも、戦争に負けた日本は平和宣言をしたんだ。ほかの国と仲良くして、共存共栄の精神を大切にするようになった。足りない資源を買い、開発した新しい技術でいいものを作って売るようになった。その技術も開発の遅れた国に売ったり、困ってる国があれば助けたりして発展してきたんだよ」

「でも、ここはものを売る必要なんてないよ。魚を捕るのにも、水で遊ぶのにもおカネなんていらないし、温泉だって着る物だってそうじゃない。僕はここの生活が好きだよ。地上の人は大変だな。どうしてそんな生活をしているの？　みんなここに来て住めばいい。海はきれいだしさ」

「でも、このごろ、海の水が濁ってきたように感じるね」

「どうして？」

「いろいろ地上の開発が進んでね、自然が壊れてきてるんだ」

「じゃ、大昔に戻ればいいの？」

「そうだね、地球にだって寿命がある。でも、あんなに生活を便利にしてしまったからな。もう大昔の生活には戻れないだろう」

　改めて地上のことを教えると、初めはその困った点ばかりが目立った。しかし、少しずつ勉強が進むにつれ、好奇心の強い孝志は地上にあるというさまざまな機械や乗り物、巨大な建物などに憧れるようになった。

「やはり血は争えないものだ」小谷は孝志の実の父親が大富士建設の長男だと聞き、思わずうなったが、同時に残念がった。

「なんてことだ。この孝志がその跡取りになっていれば、大富士はさらに発展しただろうになあ」

5

「孝志、あの横穴を調べよう。まずは穴を広げる道具を探さないとな」

あたりをくまなく歩くうち、岩に棒のようなものが突き刺さっているのを見つけた。ちょうど海の真ん中くらいにある岩だ。

「なんだろうな。引っぱり出してみるか」

二人でひびの入ったところを崩し、苦労して抜き取ると、孝志が首をかしげた。

「ずいぶん長いけど、これなに?」

「カジキマグロの吻先みたいだな。ほとんど化石のようになってるけど」

「カジキマグロ?」

「ああ、吻の先端が槍のように尖っててな……」小谷は孝志に魚の説明をし始めたが、大きさを話したとたんぞっとなった。

「ちょっと待てよ。こいつ、どれだけでかい奴だったんだ」

掘り出した吻はほんの先端のほうだけだ。それなのに、立てかけてみると小谷の身長より長かった。

「なんてこった。マグロどころじゃないぞ。クジラくらい巨大な奴だったんじゃないか」

現在の地球にそれほど巨大なカジキマグロは生息していない。いつごろの時代のものかわからないが、その吻の先端は鋼鉄のように固かった。

小谷は吻を掘り出した穴を見つめた。

「大昔、きっと恐竜みたいなカジキがここに突っ込んで、吻を岩盤に刺したんだ。とんでもない化け物だな」

「だったら穴を広げる道具にちょうどいいんじゃない？」

孝志が吻の一部に小さな亀裂を見つけ、そこから折ると手ごろな長さになった。流木で柄をつくると、斧とツルハシを合わせたような道具ができあがった。

二人はさっそくカジキのツルハシで穴のまわりを突つき始めた。岩もなかなかに硬かったが、たくましい孝志がツルハシをふるうと徐々に砕けていく。およそ二カ月も続けたころ、やっと体を通せるくらいの穴になった。

狭い穴をくぐり抜けると、内部には岩を削ってつくった祭壇があり、神殿にあった像に似た二体の黄金像が安置されていた。何の神かはわからないが、どこか仏像にも似ている。

「やっぱり〝金〟だぞ」

「ねえ、これはなに？　変わった形だね」

像の脇に小さな器があった。

「土器だな。きっと高坏《たかつき》だろう。神さまへの供え物を置いたんだ」

あたりをライトで照らしてみると、いくつかの壺や土器の破片がみつかった。

「シンプルな模様だし壺の首が細い。弥生時代のものにそっくりだ」

ぐるりと岩の壁を照らしたところ、その一部に象形文字に似た記号が彫られていた。

「父さん、これ文字かな。何年くらい前のもの？」

「さあて、本当に弥生時代となると、二〇〇〇年くらいは前だね。大昔の日本には文字がなかったし、年号もない。正確なところは調査してみないとわからんな」

小谷はそう言いながら壁に近寄り、奇妙な彫刻に手を触れた。

「不思議な形だ。太古の日本にもしるしぐらいはあったのかもな。だとしたら、この像をつくった人を示すシンボルかもしれない。つまり作者のサインというわけさ。そうなると大発見だがね、いずれにせよ、ここの人たちの宝がひとつ増えたことになるな」

ふと上を見上げてみると、すでに一輪の白い花が光っている。

「不思議といえば、この花もだ」

数日経つうちに花の数も増え、祭壇の部屋は黄金像がぼうっと光る幻想的な空間となった。やがて小谷たちの話を聞き、民びとたちがここを訪れ、歓声を上げた。

「ご先祖さまがここにも神さまを祀っていてくれた。お守りくださっていたんだ」

「なんとめでたきところだろう。これからここを拝礼の間としよう」

人々はひざまずき、礼をし、柏手を打った。地上だと神社によってその数が違うが、この世界の人々は〝一礼二拍一礼〟を習慣にしている。大昔からの儀礼が今も続いているのに違いない。祈禱婆もやってきて、塩と昆布を供えると幣を振って祈りを捧げた。

冴子も黄金像を見て、驚いたようだ。

「綺麗なものねえ。大昔の人にも、すごい技術や才能があったのね」

小谷は何度もうなずき、孝志も誇らしげな顔になった。

「父さん、よかったね。遺跡の調査もできるし、ここの人たちにも喜んでもらえたよ」

「もっと遺跡を探してみるか。ここの人たちへのお礼にもなるだろう。今度は何が見つかるか楽しみだ」

すると、数日後、目のいい孝志がまた横穴の跡らしいところを見つけた。

「この間の少し奥に同じような穴の跡があるよ。小さめだけどね」

小谷は孝志に手を引かれて跡を見に行った。黄金像を見つけた地点から少し海のほうに進んだ場所だ。岩壁を掘り崩してみると、確かに塞いだような痕跡がある。

「かなり小さいな。穴を広げるのに大変な苦労をしそうだぞ」

「隣のイトちゃんちも誘おうよ。〝遺跡探しも面白そうだ。いつかやってみたい〟ってさ。きっと喜んで来てくれるよ」

二人が大廊下に出ていくと、驚いたことに何人かの人たちがカジキマグロの吻で道具を作っていた。

「神さま、私たちも仲間に入れてください。交代で穴を掘ります」

「ありがとう。一緒にやりましょう」

そうして掘っていくと、民びとの一人が横穴の奥にある小さな部屋を見つけ、そこでいくつか奇妙なものを拾った。

「これは何でしょうか」

「初めて見るものだ。光ってるね」小谷は首をかしげた。

それは丸くて小さく、ホタルのように光っていた。

「わからないけど、暗い通路の目印になるだろう。穴のところどころに置いておこう」

すると、小さな部屋の天井に白い花が咲き、横穴の中が明るくなった。

「おお、神さまは至るところを便利にしてくださる」

もっと奥に掘り進むと、大きな広間に出た。その一角に真っ黒く煤がこびりついたところがあり、近くに土器の破片が山のように積み上がっている。その横には、美しい壺や皿、優美な水差しなどがずらりと並べられていた。

「大昔、土器を焼いた跡だよ」数々の遺物と遺構を見つめる小谷の眼差しには畏敬の念が込められていた。「弥生時代にはまだ窯がなかった。露天焼きをしてたんだ。もちろん、この世界がまだ地下に閉じ込められる前のことだよ」

「なんて綺麗な器だろう。すごい文化をもっていたんだね」

孝志が感心し、冴子も目を瞠っていた。

「そうだ。現代のような技術もないころに、よくぞこんな陶器を発明したものだ。それに、露天焼きのあとがあるということは、大昔、ここが地上にあったという証拠でもある」

民びとたちも尊敬を込めて露天焼きの跡や土器の数々を眺めた。

「ご先祖さまはすごい人たちだったのだなあ」

「そうですよ。動物や魚を捕って生きていただけじゃありません。黄金像をつくって神々を信仰し、陶器を発明してよりよい生活を目指していたんです。凄いですよ、あなた方のご祖先は。それらの証拠が出てきたんです」

イトの父親がひざまずいて合掌した。

「すばらしい遺跡にめぐりあえた。ご先祖さま、私たちもしっかりやります。これも高天原から来てくださった神さまのおかげでございます」

「神さまというわけではないのですよ」

「いや、私たちにとっては本当の神さまでございます。こんなによくしてくださり、皆、感謝の言葉もございません」

ウラベは深々と礼をする。

「この遺跡をこれからも大切にしてください。もしかすると、もっとすごい遺跡が見つかる日が来るかもしれません」

「それはすばらしいことですが」

ウラベは言葉を途中で切り、ふと天井のほうを見上げる仕草をした。

「ところで地上の神さまはどこからここに来られたのですか。私たちの間にも〝大昔、ご先祖さまたちが地上への出口がないかと探しまわった〟という古い言い伝えがございます。でも、とうとう出口は見つからず、ここで暮らすようになったというのです」

小谷は冴子と顔を見合わせた。

「やはり、そんな言い伝えがありましたか」

「あ、あの、やはりと仰いますと?」

怪訝そうに聞き返すウラベに、小谷は〝昔、昔、大昔の話〟を語って聞かせた。

「なんと、私たちのご先祖さまは伊豆国というところで暮らしておりましたのですか」

「伝説どおりなら、その可能性が高いと思います。ただ、皆さんはここを離れて、地上に行きたいと考えているのですか？」

ウラベは民びとたちを見回し、首を振った。

「今のところ一人もおりませぬ。ですが、ここが地下に閉じ込められたとき、ご先祖さまは絶望し、死を覚悟したとも伝わっています。ここにはもう地上への道がございませんのでしょう。どうか、男神さま、姫さま、これからも私たちと仲よく暮らし、長としてずっと導いていただけませんか」

「いえ、やはりそれはこの世界の人がなるべきです。私は遺跡調査が目的でここにたどり着いただけの人間ですからね。出口を発見したら、地上に戻らねばなりません」

「それは残念なことです。でも、神さまのご意向とあらばやむを得ませぬ。どうか地上への道が見つかるよう祈るばかりでござります」

今のところ、出口の手がかりはなかったものの、どういうわけか小谷と冴子はいつか地上に出られると信じていた。

一方、ここの生活しか知らない孝志は話に聞く地上をあまり好きになれないようだった。ただ、大きな乗り物や建物への漠然とした憧れを抱いてはいたようだ。

そんなある日、冴子が起きて朝食を調えようとすると、前日に焼いておいた魚がバラバラに齧られて散らかっている。

「まあ、ひどいわ。地熱で温めるとふっくらしておいしいのよ。きっと小谷さんか孝志がこっそり食べたんでしょう」

ところが、二人ともそんなことはしていないと言う。

「だって、焼き魚が自分で勝手に散らかったりしないでしょ」

冴子は頰をぷくっと膨らませて睨んだが、小谷も孝志もぽかんとしたままだ。

「まあいいわ。その代わり、今日の朝食はお魚抜きよ」

ところが、その翌日にも同じことが起きた。

「また食べたでしょう！」

二日連続で寝起きに叱られた小谷と孝志はこっそり相談した。

「父さん、このままだと、毎朝叱られるよ」

「それよりおかず抜きのほうがこたえる」

「どっちもどっちだよ。ねえ、寝ているうちに誰か来てるんじゃないの」

「そんなバカな。ここの人たちはいっせいに寝るし、他人のものを取るわけがない」

「だって、実際に食べられてるでしょ」

「ううむ」

その夜、二人は寝ずの番をした。目を薄く開け、焼き魚のある場所をじっと見ている。

「父さん、ちゃんと起きてる？」

「起きてるよ。静かにしてろ」

それからしばらくして、岩の影から何かが動き出た。

「父さん――」

「しっ、見てろ」

それは白いネズミだった。少し歩いては赤い目で周囲を窺い、またちょろっと歩く。やがて岩のテーブルに飛び移ると魚を抱え、満足気にむしゃむしゃ食べ始めた。

二人はじっと動かずそれを見ていたが、ネズミが立ち去ると起き上がった。なんと、冴子もむくりと体を起こした。

「見たか?」

小谷が二人を振り返ると、冴子も孝志もうなずいた。

「まさかネズミがいたとはな」

「母さんも見張ってたの。さすがだね」

孝志が感心してそう言うと、冴子は苦笑した。

「私が見張ってたのは孝志と小谷さんのほうよ」

「なんだ、そうか。信用ないなあ」

孝志はがっかりして頭をかいたが、小谷は興奮気味に立ち上がった。

「どうも、おかしなことになったぞ」

冴子が「どうして?」と聞くと、

「この地底に来てからネズミなんか見たことがないだろう?」と小谷が聞き返した。

「そうね。ないわ」

「僕だって初めて見たよ」と孝志もうなずく。

「じゃ、いないはずのネズミがいるのはどうしてかな」

「えっ、つまり地上から来たってこと？」

「確信はないけど、可能性はあるね。そうだとすると、また不思議な現象が始まったのかもしれないよ」

小谷は三人が暮らす洞窟の外を見ていたが、やがて戻ってきた。

「もういない。今度寝るとき、もう一度見張りをしていよう。あいつの跡をつけるんだ」

その日、人々が寝静まるころ、冴子はわざと小さめの魚を焼いておき、三人とも寝たふりをして待っていた。やがて赤い目をした白ネズミがやってきて、いつもより小さな魚を見るとくわえて持ち去った。

「跡をつけよう。静かにね」

白いネズミは魚をくわえたまま、誰もいない静かな通路をするすると歩いていく。三人は息を殺して足音を忍ばせ、身を隠しながら跡をつける。

「まずいな。大廊下のほうに向かってる」

ネズミは大廊下に出ると、壁際に沿って走った。ところが、大廊下には三人が身を隠す場所がない。すぐに追手に気づいたネズミは一段と速く走り出した。

「しょうがない、みんな走れ！」

大廊下を一気に駆け抜け、三人は海に向かう細い通路に入った。薄暗いが、白いネズミはかなり目立つ。ところが、突然、ネズミの姿が消えた。

「あそこだ！」

駆け寄ってみると小さな穴があった。土器の遺跡のすぐ近くだ。

「今まで見逃してたなあ。ここにも横穴があったんだね」

小谷は試しに周囲の岩を揺らしてみた。岩は意外にもろく、ぼろぼろと崩れだす。

「けっこう弱いぞ」

孝志がツルハシを持ってくると、あっという間に穴が広がっていく。

「もう少しだ。がんばれ」

孝志が渾身の力で振り下ろしたとたん、ガラガラッと音を立てて周囲の岩が崩れた。二人を制して小谷が穴をくぐった。頭上にはもう白い花が咲いている。

「大丈夫だ。入ってこい」

そこはやや広い部屋になっていて、奥に岩の通路が見える。

「あそこよ、ネズミがいる！」

冴子が指さすと、通路にいたネズミが一回振り向き、すぐに奥へ走り出した。

「追うんだ！」

通路はすぐに上り坂になり、ネズミがそれを上っていく。やがてゴツゴツした岩が足元に出っ張り、まるで石段のようになってきた。

「足元に気をつけろ。ころんだら怪我をするぞ」

孝志は身軽だ。岩の出っ張りに足をかけてどんどん上がる。小谷は顎を出した冴子の背中を押し、階段の踊り場のようになっている平らな岩に腰を下ろした。

「ちょっとだけ休もう。冴子さんがもたん」

白いネズミは三人をあざ笑うように後ろを振り向き、軽快に岩をのぼっていく。

「大丈夫よ。行きましょう」

坂を登りつめたところは大きな広場だった。奥のほうに石造りの大きな神殿があり、ネズミはその前で立ちあがった。まるで神社の前でお祈りをしているように見える。

「あっ、また黄金像だ」

岩の社《やしろ》の中に黄色く輝く神の像が祀ってある。その前に石段があり、白いネズミがその一段目に飛び乗った。するとガリガリッと岩のこすれる音がして、ネズミごとズルズルと沈んでいく。

「なんだこの神社は――」

小谷がそうつぶやいた直後、ごうっと突風が吹いたかと思うと、地面が揺れ始め、すぐに激しい地震となった。

「いかん、頭上に注意しろ。どこかにつかまるんだ」

立っていられないほどの揺れだ。天井からバラバラっと岩の破片が落ち、冴子が悲鳴をあげてよろけた。

「冴子さん！」

「母さん！」

三人の叫び声は突風と地震に飲み込まれた。強い風に吹きとばされた三人はどこかに吸い込まれるように舞い上がり、そのまま気を失った。

地上

1

雲一つない晴天の初夏、伊東の海岸道路を一台のタクシーが走っていた。伊東から熱海までの客を乗せた帰りだったが、後部座席に客の姿はなく、運転手が一人でぼやいていた。

「あーあ、俺としたことが、帰りは空荷ときたか。往復で客を乗せてりゃあ、いい稼ぎになったのによお」

かなりのベテランドライバーらしい。頭には白いものが混じっている。ぼやいたわりにラジオの軽快な音楽を楽しんでいる様子だったが、急に雑音が混じり出し、とうとう受信不能になってしまった。

「おいおい、ラジオまでダメなのか」

不満げにスイッチを叩いた運転手は前方を見て首をすくめた。ライオンに似た大岩が見えたからだ。

「もうすぐ幽霊通りだ。まさか真っ昼間から幽霊が悪さしてるんじゃないだろうな」

そのとたん、強い横風が吹いてハンドルを取られそうになった。

「なんだよ、危なく海に突っ込むところだ。ばかやろう！」

悪態が終わらぬうちに地面が突然揺れだした。

「うわあ、地震だ！」

急ブレーキをかけたとたん、景色が揺れながら回転しだした。激しく揺れる道路の上でスピンし始めたのである。

数秒後、ハンドルにしがみついていた運転手が目を開けると、目の前にライオンに似た大岩があった。

「し、死ぬかと思った――」

ほっと吐息をつき、シートにもたれかかった運転手だったが、右脇を見たとたんに悲鳴を上げてドアを開けた。

「おいっ、大丈夫か！」

道路の上に、見慣れない風体の三人が倒れていた。麻かなにかで編んだ服を着て、草鞋に似た履き物をつけている。うつぶせなので顔はよく見えないが、大人の男女と少年らしい。親子連れのようだが、それにしても奇妙な格好だ。

「あのう、だ、大丈夫ですか？」

幽霊怖さで運転手は及び腰だ。つかの間、困惑していたが、すぐに車に戻ると無線で警察を呼んだ。〝現場は幽霊通りです〟と言うと、警察は二つ返事で飛んできた。パトカー数台に救急車も引き連れている。

とりあえず現場写真が撮られ、医療チームが駆け寄った。

「なんだい、こいつらの格好は？」

「さあな。俺だって見たことない服装だ」

「密入国者かなんかでしょ。東洋人ですけど、日本の服装じゃないようだし」

横から若い警官がそう言うと、ベテラン警官が目をぎょろりと動かした。

「日本海側ならありうる話だがよ、ここは相模湾だぞ。いったいどこの国からここに来るってんだ」

「はあ、なるほど」

そうこうするうち、医療チームによって全員の生存が確認された。

年長の男性――小谷のことだ――が「地震だ、地震がきた」とうわごとをつぶやくと、その場の誰もが驚いた。

「おい日本語だぞ。こいつら日本人じゃないのか」

「そりゃあ日本語のうわごとですからな、間違いないでしょう」

ともかくも救急車で病院に運ばれることになった。

三人が目覚めたのは翌日の朝だ。冴子と小谷はすぐに状況を把握したが、やや遅れて目覚めた孝志はベッドのなかから逃げ出そうとして転げ落ちた。

「大丈夫だよ。ここは病院だ。地上に来たんだよ」

のしかかる不安を言葉にできない孝志だったが、冴子と小谷が悠然としている様子に少し安心したらしい。二人の辛抱強い説明を聞き、一時間ほど後には落ち着きを取り戻していた。

しばらくすると、病室に医師団が入ってきて三人の血液を採り、小谷を連れて出ていった。医師は全員が厳重に手袋とマスクをし、白衣をまとっている。同じ格好の看護師が冴子と孝志に軽い朝食を運んできた。

「食べられなかったら残してもいいんですよ」

「ありがとうございます」

看護師が去ると、孝志がトレーに載った器の一つを指さした。

「これなに?」

「おかゆよ。そっちは鶏肉と大根の煮物。これは牛乳よ」

孝志はすべて知識では知っていた。でも、本物を見るのは初めてだ。

「最初は戸惑うと思うけど、ちょっとずつ味に慣れてね」

「ねえ、母さん。ここって建物というものの中なの?」

「そうよ。ここは病院。病気や怪我を治してくれるところね。たぶん、とても大きな建物だと思うわ」

「ふうん。すごいなあ、岩がぜんぜんないや。どこも平らでまっすぐなんだね」

孝志はだんだん周囲の様子に興味を持ってきたようだった。

一方、小谷は医師の診察やレントゲン検査を受けていた。マスクをして白衣を着込んだ数人の警官もおり、検査の合間に事情を尋ねられた。

「初めにお名前とご職業をお聞きかせください」

小谷が名乗り、かつての職業を答えると、警官の一人が部屋を出ていった。

「それで小谷さん、あなた方はどこからやってきたのですか」

小谷の説明は明解だったが、ベテラン警官は不満げな表情を隠そうとしなかった。

「地下から来た？　で、その洞窟とやらに一〇年以上いたと？　それが本当だとしてですよ、いったいそれはどこにあって、どうやって生きてたんでしょうな。ええ、先生」

「ウソではありません。おそらく、もうその場所には行けないと思いますけど、そこにはずっと昔から住んでいる人々もいたんです」

「洞窟に人がいた？　えーと、それはもしかして、地底人かなんか……」

「いや、そうじゃありません。二〇〇〇年以上の大昔、伊東の海岸地域で不思議な現象が起きて、村人が地下に閉じ込められたんです。たぶん、その人たちの子孫ですよ」

「ふうむ、そこにはもう行けない。それから、二〇〇〇年以上前からの子孫がいると」

メモを書きかけたところでベテラン警官は笑いをこらえきれなくなり、思わず医師のほうを見た。

「すいません先生、これ、どう報告すればいいんでしょうかね」

するとカルテを見ていた医師が「ウソじゃなさそうですよ」と答えた。

「え、どうしてわかるんです」

「なんというか、不思議な数値が出てましてな。免疫系の検査結果をみると、ほとんど微生物の影響を受けておらんとしか思えんのです。無菌室にでも暮らしてない限り、地上では考えられない数値です」

小谷の顔が不安げに曇った。

「病気に対する抵抗力が足りないんですか？」

「いや、三人とも免疫系は正常ですよ。ただ、あの少年の場合、肉体的なたくましさはぬきんでておるが、抗体価となると異様に低い。病原体どころか、そのへんにおる雑菌にも長いこと触れていないらしいんです。そういえばあの孝志という少年、その洞窟で生まれたと言いましたな。これまで地上に出たことがありますか」

「いや、孝志は生まれて初めてです」

医師はカルテを見ながら思案顔で顎を撫でた。

「これはなかば想像ですが、その洞窟は雑菌すらいない、おそろしく清浄なところだった可能性が高い。一応、再検査はしますが、いくつかの計画的なワクチン接種が必要になるでしょう。なにしろ、地上の病原体に対する免疫がないわけですからね」

「どうか、よろしくお願いします」

「おいおい……」ベテラン警官が天を仰いだ。

「〝地上の病原体〟だって？　いったい、なんて報告書に書きゃいいんだ」

そこに先ほど出ていった警官が一枚のファックス用紙を持って戻ってきた。

「小谷さんの確認が取れました。考古学博士で、一四年前に失踪するまで確かに大和古代考古大学の講師をされてます」

「なんと、ほんとうに大学の先生だったのか」

写真入りの履歴を横から覗き込んだ医師がぎょっとした。

「こりゃ、どういうわけだ。あなた、一四年前よりずっと若々しい」

小谷が病気のことを話すと、またしても医師は仰天した。

「急性骨髄性白血病が自然に治ったですと！　そんなバカな、あり得ん！」

「だって、先ほど先生が仰ったんですよ。僕の免疫系が正常だってね。白血病ってそっちの病気でしょう？」

「そ、それはそうだが……」

医師はあっけにとられて椅子の背にもたれた。

事情聴取は尻切れトンボになったが、小谷は当面の診察と検査を終え、警官とともに病室に戻った。

「ところで、あなた方はご夫婦とそのお子さんということですね？」

冴子は首を振り、「孝志は私の子ですが、小谷さんと私は夫婦ではありません」と答えた。

「そうでしたか。じゃ、お母さんのお名前とご住所をお聞かせください」

冴子が名乗ると、後ろのほうにいた警官がびっくりして前に出てきた。

「やっぱり、一越亭の冴子さんなの？」

「そうですけど、あなたは……」

警官はほんのちょっとの間だけマスクを外して顔を見せた。

「俺だよ俺。学校で同級だった矢野春彦だ。心配してたんだよ」

「あら、あの矢野くん？　警察官になってたのね」

するとベテラン警官が矢野をちらっと振り返った。

「知り合いなのか」

「そりゃ初恋の人ですから……あっ、つまりその、クラスの人気者が行方不明と聞き、同窓生を代表して心配していたのであります」

冴子がころころと笑い出すと、矢野もつられて笑った。

「驚いたよ冴子さん。全然変わらないね。学生時代よりもっと綺麗になったじゃないか」

「なにが初恋だ、たわけ！　公務中だぞ。さっさと運転手を呼んでこい」

あきれ顔のベテラン警官が矢野に向かって顎をしゃくった。

「はっ、すいません。では運転手を呼んできます」

矢野が連れてきたのは〝幽霊通り〟で三人を発見したタクシードライバーだ。ところが、小谷と冴子の顔を見たとたん、真っ青になった。

「ゆ、幽霊だ。あのときの幽霊だあ――」

運転手はベテラン警官を突き飛ばし、逃げだした。これを矢野警官たちが押しとどめ、病室は一時大騒ぎになった。かけつけた看護師の協力で運転手を落ち着かせると、やっと事情を聞けるようになった。

「てっきり本物の幽霊が出たんだと思ったんですよ。だって、一四年前、あそこで消えちまった二人なんですからね」

とたんに冴子が「あっ」と叫んだ。

「あのときの運転手さんですね！　思い出しました」

なんと、そのタクシードライバーは一四年前、冴子を乗せて幽霊通りを走っていた運転手だったのである。

「一四年前、どうして消えちゃったんですか？　そのあと、この人にさんざん怒られたんですよ」

そう言って、運転手はベテラン警官を指さした。

「消えてしまってごめんなさい。それに、運賃も払わずじまいでしたわね」

「運賃なんていいですけどね。でも、あのときは怖くなりました。あの道、今じゃ〝幽霊通り〟って言われてるんですよ」

矢野が署に電話し、一四年前の記録を探させてみたところ、事件にはなっていなかったことが判明した。担当していた警官は、やはり運転手の言ったとおりだった。

さすがのベテラン警官も運転手に頭を下げた。

「すまんかったな。あんたの話をもっと信用してやればよかったよ」

当面、三人は病院で療養することになった。医師たちは孝志にワクチン接種を始めたが、大方の予想どおり、孝志はすぐに不満げな表情になった。

「きれいでフワフワのベッドはいいけどさ、注射はやだな。とにかく、地上って面倒なことが多すぎるよ」

なにしろ、地下の洞窟で生まれた孝志だったから、出生届さえ出されていない。おまけに冴子は未婚だったから、地上ではシングルマザーだ。

2

久能の日高家に家族が集まっていた。この日、栄次の三回忌の法要が行われることになっていたからだ。

二年前、栄次は七十二歳でこの世を去り、その一年半後、若奈もあとを追うように亡くなった。ガンや認知症などには縁のなかった二人だが、インフルエンザから肺炎になり、栄次はそのまま病死した。若奈のほうはいったん回復しかけたものの、栄次の死のショックから立ち直れず、入退院を繰り返すうちに容態が急変した。

八年前に弥絵が名古屋の商社マンと結婚していたため、今は悠介と茂子だけでイチゴ農家を続けている。今日は久しぶりに弥絵が五歳の長女・千絵とともにやってきていた。その弥絵も今年で三十二歳だ。出産後、やや太ってきたこともあって、すっかり〝主婦と母親〟が板についていた。

弥絵と千絵は栄次と若奈の遺影の前に座り、「おじいちゃん、ご無沙汰してました」と合掌した。

写真の栄次は亡くなる一年前の姿だ。髪は真っ白になり、顔には深い皺が刻まれている。この写真を見た栄次は「すっかり年を取っちまったな」と苦笑していた。

「そんなことありません。とても若く見えますよ」

そう慰めた弥絵だったが、栄次の深い皺や白くなった髪が年のせいばかりではないことを知っていた。

それまでの一四年間、栄次は自分がした精一と百合への仕打ちを悔やみ続け、冴子の失踪にも心を痛めてきた。その心痛が栄次の髪を白くし、深い皺を刻みこんだのである。

そしてまた、その思いに苦しんでいるのは弥絵自身も、その両親の悠介や茂子も同じことだ。口には出さなくとも、心の痛みを感じない日は一日もなかった。

この日の午後一時、伊東の高延寺から招かれた松島和尚の読経が始まり、三回忌の法要が終わると日高家は食事の準備に大忙しとなった。

「千絵ちゃん、静かにできて偉かったわね。ずっと座ってて疲れたでしょう」

茂子が孫を褒めると、千絵ははにかんで笑った。電話の鳴ったのがちょうどこのときだ。受話器をとった茂子は、ぴったり一分後に悲鳴のような大声で悠介を呼んだ。

「驚くじゃないか、どうしたんだ」

茂子はものも言わずに受話器を差し出した。顎が震えてうまく話せないらしい。

「はい、もしもし。——警察？　ええっ、冴子が見つかった！　本当に、本当にうちの冴子なんですね？」

一四年ぶりの知らせに日高家は上を下への大騒ぎになった。

悠介は大阪の精一に連絡をとり、警察から聞いたばかりの知らせを伝えた。

「冴子が！　本当ですか！　まさか、こんな年月を経て見つかるとは……。ありがたい、百合や利矢を連れて、すぐに静岡に向かいます」

地元の伊東ではすでに報道が始まっていた。最初は〝失踪中の男女を一四年ぶりに保護〟〝一四年間を地底洞窟で生存か〟などの見出しで地方版の新聞に掲載されていたが、彼らの着ていた服の繊維を植物の専門家が分析すると、一躍、全国ネットのテレビニュースで報道され始めた。学者たちが口を揃えて「新種だ」と認めたからだ。それも単に未知の種というより、分類学上の近縁種すら見あたらず、〝既知の植物とは異なる生物という可能性が高まった〟という衝撃的な中間報告が発表された。

これで三人の証言は一気に真実味を帯びた。新聞記者が警察や病院に取材攻勢をかける一方、インターネット記事には〝一四年前、幽霊通りに怪現象〟〝神隠しは本当だった！〟など、興味本位の見出しも現れた。

その二日後、精一と百合、利矢が冴子と再会した。冴子はまだ療養中ということで病院内の一室だったが、一七年ぶりの親子の再会はほとんど無言のまま全員が泣き崩れて始まった。

精一と百合はただひたすら「悪かった」「ごめんなさい」と謝り、冴子は泣きながら両親と弟にしがみついて首を振った。

「謝ることなんてないわ。長いこと地下の洞窟にいたけど、幸福に暮らしてたのよ」

「家の災難を全部おまえに背負わせてしまった。元気な姿で戻ってくれて、こんなにうれしいことはない」

「私だってみんなが無事だとわかって嬉しかった。それに神さまから息子も授かったのよ。だから、辛いことなんて忘れました。これからは家族で一緒に生きていきたいの」

「もちろんだとも。孝志くんに会うのが楽しみだよ」

精一が涙をぼろぼろと流しながら冴子を抱きしめると、二十九歳になった利矢が驚いた表情で話しかけた。

「びっくりしたよ。子どもがいたのもそうだけど、冴子姉さん、昔、二人で東照宮に行ったころのままじゃないか。三つ下の僕のほうが年上に見えてしまうね」

「まあ利矢、とっても立派になったわね。今はどうしているの？」

「父さんと同じ料理人だよ。まだ修行中だけど、腕はいいんだぜ」

冴子はひとしきり家族との再会の喜びに浸ると、後ろで頭を下げっぱなしにしている悠介と茂子に駆け寄った。

「冴子、すまなかった。許してくれ」

「私がすべて悪かったのよ。ごめんなさい、どうか許して」

冴子は微笑んで首を振る。

「私のほうこそ、勝手に姿を消してごめんなさい。ご心配をおかけしました。私も利矢も日高の家がなかったら、生きることさえできませんでした。ご恩は一生忘れません」

この映像は大きな感動とともにニュースで何度もとりあげられ、孝志の映像もたびたび流された。

ところが、テレビで孝志の顔を見た大富士建設の社員たちが首をかしげ始めた。それも二人や三人ではない。孝緒をよく知る人たちのほぼ全員が、驚きとともに孝志の顔を見た。やがて、社内はその話題で持ちきりになった。

「おい、知ってるか。幽霊通りで見つかった子な、亡くなった孝緒くんに瓜二つだぞ」

「俺、孝緒と小さな料亭に行ったことがあってさ。そこにあの子の母親そっくりな娘がいたよ。あいつ、ぞっこんでね。名前も同じ冴子だった。もしかしたら本人じゃないのか？」

「孝志は十三歳らしい。孝緒が亡くなる前、失踪した婚約者を探してたろ。孝志というのが彼の子だとしたら、ぴったりの年だな」

「つまり孝志の〝孝〟は〝孝緒〟からとったわけか。情況証拠は十分じゃないか」

社内の噂はとうとう孝緒の母親・昭恵の耳にも入った。世間で話題になっている三人に興味はなかったが、連日のように同じ話を耳にすると多少は気になってくる。

昭恵は一人で私室のテレビをつけた。昼のニュースのトップはやはりあの三人だ。映像を見たとたん、昭恵は驚愕の声をあげることになった。

「ま、まさかあの娘！」

昭恵を驚かせたのは冴子の顔だった。画面いっぱいに一四年前とほとんど変わらぬ冴子が映っていたのである。自慢の種だった息子が命をかけて愛し、昭恵自身がひどい仕打ちをした娘の顔だ。一日とて忘れたことはない。

そして、孝志の映像が出たとたん、昭恵は思わず立ち上がった。

「た、孝緒さん？」

そのまま数歩テレビに近づき、食い入るように画面を見た。

「確かに似ている。でも……」

実際に孝志の顔を直接見に行きたい気分になった。思い立ったらすぐに行動するタイプだが、冴子は一〇年以上も小谷という男と地下洞窟に暮らしていたという。昭恵にはどうしてもそれが気になった。

3

小谷と冴子、孝志が地上に戻って三年ほどが過ぎた。その間、はじめの半年ほどで小谷は大和古代考古大学に戻り、やや遅れて冴子と孝志は警察病院から大阪の一般病院に移っていた。精一と百合が働く浪越旅館の近くだ。これは孝志のワクチン接種プログラムのためでもあり、地上世界に徐々に馴らしていくための特別措置でもあった。

ワクチン接種のある間は学校に通えなかったが、中学の義務教育はビデオを使って受けていた。医師の許可が出て中学に通い出したのが二年生の三学期から。そのころには〝洞窟〟の話題も巷で聞かれなくなり、高校受験が本格化する時期とあって、クラスメートから詮索されずにすんだ。

ちょうどこのころ、大富士建設では跡取り息子が常務取締役に昇進していた。孝緒が他界したあと、大富士建設の社長・藤山盛雄は二男の靖男を跡取りと決めていたのである。ただ、靖男は昔から病弱で、会社もしばしば休んでいた。

この日、社長室で考えごとをしていた盛雄はやがて受話器をとり、秘書に人事部長へつなぐよう命じた。マホガニー製の大きなデスクには雑多な書類が散らかっており、盛雄はその一枚を手にしていた。

ほどなく秘書から内線が回されてきた。

「ああ、わしだ。挨拶抜きですまんが、先日の役員会で決まった土地調査課の独立の件な、どうなっとる？　――そうだが、常務はまたちょっと調子が悪くてな。人事の件だけでも進めておかんとな。そうだ、ちょっとこっちに来てくれんか」

受話器を置いた盛雄は革の大きな椅子にもたれ、大きくため息をついた。

「靖男のやつも困ったものだ。一回、どこかの病院にでも入れて徹底的に検査させたほうがいいかもしれん」

社長であり父親である盛雄はまだ六十七歳だったが、若いころにがむしゃらに働いた無理がたたって腰を痛め、ヘルニアの手術をしてからめっきり老け込んでしまった。靖男のことは可愛がっていたが、会社の将来を考えると「孝緒がいてくれたら」とつい思ってしまう。大変な苦労の末にここまで育て上げた会社だ。むざむざ人手に渡したくはない。

「靖男がもうすこし元気で覇気があったらなあ。すぐに社長の椅子を譲るんだが」

しばらく物思いにふけっていると、内線で秘書から電話があった。

「わしだ」

「空川《うつかわ》人事部長がお見えです」

「入ってもらいなさい」

痩せぎすで黒縁のメガネをかけた五十代前半くらいの男が来て、「おはようございます」と頭を下げた。

「ああ、おはよう。ま、座りなさい」

「はい。それで社長、土地調査課を開発部から独立させる方針と伺いましたが、そうすると部長の件はいかがしましょうか。土田課長を一気に部長にというのは異例ですが」

「部長候補は外部から招くことにした。それまでは開発部内の課のままにしておき、独立後も土田くんは課長に据え置く。来期の人事で次長でいいだろう」

「わかりました。ただ、土田課長も不動産鑑定の専門家ですし、一応、部長候補にはそれなりの実力が必要かと思います」

「もちろんだが、実は鑑定というより、遺跡調査の専門家に来てほしいと思ってる」

そう言って盛雄は薄い書類の束を差し出した。

「これは?」

「ある人物の履歴だよ。大和古代考古大学の講師で、遺跡調査が専門だ。わしの後輩がそこで教授をやっててな、それとなく大学関係をあたっていたら話が来た」

「大学を辞めて企業に来たいと？」

「教授は〝少しばかり特殊な事情がある〟と言ってたがね、とりあえず君の意見を聞いておこうと思ったんだ」

空川はざっと書類に目を通したが、驚かされたのは、まさにその〝特殊な事情〟だった。

「なんと、小谷朝雄？　あの洞窟の小谷氏なんですか」

「そうだ。一〇年以上、地下の洞窟で遺跡調査をしてたという例の人物だよ」

「ははあ、体よく大学を追い出されたということですな」

「おいおい、そいつは人事部の悪い考え方だぞ」と盛雄は苦笑した。「小谷を呼び戻したのは大学のほうだ。小谷も当座の落ち着き先として大学を選んだそうだが、結局、調査結果をまとめるつもりがなくなったらしい」

「それはまた、どうしてです」

盛雄は片手を振って「わからん」と言った。「ただ、教授の話だと、かなり優秀な人物であることは確かのようだ。もし適性があるなら、候補の一人としてどうかと思ってな」

「そうですね。私としては小谷氏のドクター論文が気になります。この資料によると、もともと開発予定地と遺跡調査に関する研究をしていたようですが、博士号をとる際、遺跡の保存・移設を含む総合的な研究に発展させたとあります」

「教授もそんなふうに言ってたよ。三ページ目の最後におもしろいことが載ってるぞ」

「ああ、これですね。〝当時、模索していたコンピューター・グラフィックスの応用は時代を先取りしすぎていた〟」

「一五年以上前の話だろ。時代のほうがやっと小谷に追いついてきたんじゃないかね」

「しかし、洞窟の存在や調査などの件は本当なんでしょうかね。どこまで信用できる人物なのか、ちょっと何とも言えませんよ」

盛雄は悠然と椅子の背にもたれ、「それを君に判断してほしいんだよ」と答えた。

「実は前から気になってた土地が売りに出そうなんだが、そこには平安時代だかに大きな寺があったという先生方もおってな。すんなりマンションを建てられるかどうか怪しいんだ。おまけに地主が頑固者で融通がきかん」

開発用に購入した土地に遺跡などの埋蔵文化財が出た場合、その重要度によっては開発が大幅に遅れたり、最悪の場合は設計を変更せざるを得なくなる。

小谷が大富士建設にやってきたのは、この数日後だ。

空川人事部長が直々に面接にあたり、実のところ、ひと目で小谷を気に入った。年齢の割に若々しく、健康面にも問題はない。しかも幅広い知識と的確な判断力の持ち主だった。

予定より長く話をしたあと、空川はていねいに頭を下げた。

「本日はわざわざご足労いただき、ありがとうございました。ご研究のテーマは当社の希望にぴったりですし、文化財保護法にも精通されておられる。一応、内々定ということにして、ある土地について一つお願いがございます」

「実地のテストというわけですか」

空川はうなずいた。

「まあ、そういう意味がないと言えば嘘になります。実は社長が高層マンションを建てたがっている土地がありましてね。ところが大昔に大寺院があったという噂があるんです」

「包蔵地かどうか不明というわけですか。では、条件つきの契約などについてはどうお考えです？」

〝条件つき〟とは、造成地に遺跡が出て開発に大きな影響を及ぼした場合、大富士建設のほうで購入契約を解除できるよう条件をつけることだ。

空川は小谷の答えに満足して微笑んだ。

「残念ながら、今回、解除条件を付けるのは難しいだろうと考えています」

「ではもう一つ。たしか、大富士には不動産鑑定のチームがありましたね？」

「よくご存じですな。正式に入社された暁には、そのチームを率いて開発部と連携していただきたいのですが、まず今回は調査課長にご協力願います」

小谷は椅子から立ち上がり、一礼した。

「重要な調査ですね、わかりました」

マンションの用地となると広い土地だ。おまけに一般住宅と違い、かなり深くまで掘ることになるから遺跡が出る可能性は低くないだろう。小谷は大富士のチームとともに慎重に調査し、遺跡の痕跡はなさそうだと報告した。

このリポートを見た盛雄は計画を進めて土地を購入し、法律で義務づけられている試掘を行った。小谷が報告したとおり、遺跡はなかった。テストは合格である。

入社からちょうど三カ月がたった日、小谷は正式に土地調査部長の辞令を受け取り、開発部からの独立の指揮を執ることになった。


一方、冴子は両親の働く大阪の浪越旅館に入り、仲居として働くことになった。ちょうど両親の隣の部屋が空くことになり、孝志といっしょに社員寮に入れたのである。まずは家族が一つ屋根の下で生活できるようになった。

「冴子、おまえも三十五歳になったが、そう見えないほど若々しい。今のうちに再婚を考えたらどうだ」

精一はときどきそんなことを言うようになったが、本人は相手にしない。

「そんなふうに考えられないの。孝緒さんは私を探している最中に亡くなったのよ。かわいそうな人だわ」

「それはそうかもしれないが、これからの人生をどうするつもりだ」

「孝緒さんは私に孝志を残してくれました。彼のためにも立派に育てます」

思い出以外、位牌はもちろん、遺品も写真の一枚さえもない。でも、孝志がいる。冴子は息子がいれば充分だと思った。

その孝志も中学三年生になり、やっと地上の子どもらしくなってきた。将来を見据えた進学のことも考え始めるようになった。

「母さん、いつか建築の仕事をしたいと思う。だから浪速建設工業高校に入るよ」

「どんな夢があるの？」

「地上は最初に思ってた以上に楽しいところだった。できれば洞窟の人たちを地上に出して、一緒に暮らせるようにしたいんだ」

「ふうん。まあ、孝志が希望するなら、その高校に行けばいいわ」

冴子や小谷が考えたとおり、孝志は記憶力や理解力に優れていた。地上に出てやっと三年だが、第一志望の高等学校に優秀な成績で合格した。

精一は「なんと頭のいい子だ」と手放しで褒めた。

「冴子や小谷さんの力も大きかったろうが、洞窟という決して良いとは言えない環境でよくぞ勉強したものだ。よほど素直な心を持っているのだろう」

冴子は改めて孝緒の子を誇らしく思った。

「懸命に育ててよかった。孝志さえいれば、私は一生独身でかまわない。孝緒さんとの思い出が一生分の幸福よ」

孝志はその春から浪速建設工業高校に通い始めた。浪速という名だが所在地は兵庫県だ。梅田駅から私鉄に乗り、西宮北口駅まで一五分ほどの距離だ。この西宮には高校野球の聖地である阪神甲子園球場があった。

四月になり、授業が始まると、二年生たちが新入生に近づき、自分の所属する部活動に勧誘する。たくさんの部員を確保できれば部が活気づくし、活動費も多くなる。

孝志もさまざまな誘いを受け、最終的に野球部を選んだ。甲子園球場のお膝元ということもあったが、自分の体格が野球に合っているような気がした。なにしろ一八五センチの上背に加え、がっしりとたくましい身体を持っている。小谷と一緒に遺跡探しをしてきた腕は丸太のようだ。腕を曲げると、まるで体操選手のように筋肉が盛り上がった。

野球部の監督は孝志をひと目見て「ピッチャーをやってみろ」と言った。一年生は主に球拾いや道具の手入れなどをするが、孝志は監督直々の特訓も受けることになった。

「まずは、捕手に向かってまっすぐ投げてみろ」

孝志は構えられたキャッチャーミットから外れないよう、注意しながら投げた。

「ストライク――っ！」

球審代わりの二年生マネジャーが大声で叫ぶ。

「一年生の割にかなりのスピードだな。一越、どのくらいの力で放った？」

「半分くらいです」

「半分だって？」その答えに驚愕した監督は「多少ボールになってもいいから、力一杯投げてみろ」と指示した。

孝志はボールをぐいっと握りしめ、全体重をボールに乗せながら流れるようなフォームで投げ下ろした。

「うわっ――！」

叫び声とともに、捕手もマネジャーもその場に倒れ込んだ。孝志のボールはやや高めに浮き、とっさに二人ともそれをよけたのだった。

「なんという剛球だ」目を丸くした監督は捕手たちに向かい「おい、大丈夫か」と叫んだ。

「大丈夫です。少し驚きました」

孝志は他校との最初の練習試合でノーヒットノーランを達成。一年生豪腕投手の噂はあっという間に広まった。これを聞きつけた地元新聞の記者が孝志の写真をスポーツ欄に載せた。上背があってたくましく、孝緒譲りの美男子だ。一躍女子高生のアイドルになった。

こうなると、その注目度はあがる一方だ。夏の高校野球では兵庫県大会の初戦に先発し、見事勝利を飾った。三年生のエースも次の試合に好投し、浪速建設工業高校は順調に予選を勝ち上がり、県大会で優勝した。いよいよ全国大会だ。夏の甲子園は初出場となる。

大会当日、開会式に続いて選手宣誓が行われた。精一と百合はもちろん、浪越旅館の面々も初日に試合が組まれていることを知っている。そして、一回戦の先発は県大会で大活躍した孝志だった。

「一越料理長、孝志くんの試合は何時からだね？」

浪越旅館の主も朝から落ち着かない様子だ。

「第四試合です。一回戦の相手は東京の強豪・江戸陣高校といってました」

「なに！　東京の学校には負けられん！　午後は甲子園で応援してください」

「ありがとうございます」

主の気遣いで家族そろって孝志の応援に駆けつけた。炎天下の甲子園に数万人が集まり、うだるような暑さだ。甲子園名物かちわり氷を手に、家族全員が観客席に向かった。

「あっ、孝志だぞ」

内野席に座った精一がマウンドに上がった投手を指さした。背番号は「11」、控え投手の番号だ。しかし、県大会では実質的にエースの役割を果たしていた。

午後三時半をまわり、いよいよ試合が始まった。先攻は江戸陣高校だ。好打者ぞろいのチームだったが、孝志は一番バッターを三振に切って取った。

「よしいいぞ！」

精一がラジオをつけると、アナウンサーが熱を帯びた実況をしていた。

〝おおっと、ストライクのコールで見逃し三振！　県大会で一度も三振しなかったバッターを相手に直球だけで三球三振！　さすが地元で評判の豪腕・一越投手です〟

解説者も孝志のことを話し始めた。

〝一越くんの球速は最高で一六〇キロに達するそうですね。凄い選手が出てきたものです。何年か前、地下洞窟から帰還したと話題になった生徒で、地元では洞窟王子と叫ぶようになっています〟

孝志の好投が続くと、スタンドからものすごい声援が響き渡った。甲子園の地元、兵庫県代表とあって、一段と盛り上がっているらしい。その応援のなかでも豪腕投手・一越への声援は際立っていた。

精一は熱狂するスタンドを見渡した。

「ずいぶん黄色い声が孝志に飛んでるな。洞窟王子の合唱が始まったぞ。孝志のやつ、すごい人気じゃないか」

精一がそう言うと、冴子は顔を隠すようにした。まさか甲子園で〝洞窟〟という言葉が出てくるとは思わなかった。

百合がバックネット裏を指さした。

「なんでもプロ球団から視察が来ているんですってよ」

「一年生なのに凄いな。孝志、卒業したらプロの選手になるつもりなのか」

冴子は「さあ」と小首をかしげた。「ずいぶん頑張ってはいるようだけど、どうなのかしら。もともと建築を勉強したいって選んだ高校なのよ」

孝志の剛球に相手打線は手こずっていたが、浪速建設工業の選手も江戸陣のエースを打ちあぐんでいた。両校ともほとんどチャンスを作れないまま終盤となり、ひとつのミスが勝敗を決めかねない緊張感の中で試合が進んだ。

「ああっ！」

七回表、思わずそう叫んだのは精一だ。スタンドからも悲鳴に似た声が響いた。

先頭の一番バッターが孝志の直球にかろうじて合わせると、一塁方向のゴロとなった。しかし、ボールは突然あらぬほうにポンと逃げ、一塁手のミットをすり抜けてライトのファールゾーンまで転がった。バッターは俊足を飛ばして一塁から二塁を駆け抜け、一気に三塁に到達した。記録は三塁打。

「今の、エラーじゃないの？」

「あれはミスじゃない。偶然、おかしなバウンドをしたんだ。運の悪いヒットだよ」

ところが、続くバッターも直球にコツンと合わせると、また一塁前にゴロが転がった。ミスを怖れた一塁手が捕球を焦ってボールを弾き、三塁走者の生還を許してしまった。記録は一塁手のエラー。

「今度はエラーだが、同じ打球が続くなんて運がない。責められないよ」

結局、これが決勝点となり、浪速建設工業高校は江戸陣高校に1対0で敗れた。孝志は九回を一人で投げ抜き、一安打無四球。運の悪い三塁打が唯一打たれたヒットだった。

翌日の新聞には〝江戸陣高校勝利〟の記事が掲載されたが、そのなかで最も賞賛されたのが負けたほうの先発投手、つまりは孝志だった。各紙ともその剛球を絶賛し、〝まだ一年生、来年がある〟といった論調で記事を結んでいた。

小谷も孝志の活躍のことは知っており、この日、大富士建設の部長室で新聞を広げ、「孝志、よくやったぞ」と大喜びだった。

そしてまた同じころ、孝緒の母・昭恵も自宅で同じ記事を見ていた。前日はテレビに釘づけになって孝志の姿を追っていたのである。

「体格は大きいけど、やっぱり顔は孝緒にそっくり。でも、あの小谷という男とは似ても似つかない。やはり、孝志の〝孝〟は孝緒の名からとった一字なのかしら」

三年前、昭恵は孝志の存在を忘れようとした。小谷という男が気になる上、手切れ金を渡した冴子にも合わせる顔がなかったからだ。でも、やはり孝志のことが気になって仕方がない。気づくとそのことばかりを考えるようになっていた。

「こうなったら確かめるしかないわね」

とうとう昭恵は決心し、冴子の家族が働いているという旅館に行くことにした。

数日後、昭恵は大阪にいた。浪越旅館に入るとカウンターで偽名を使い、一泊の部屋をとった。

「遠いところ、よくおいでくださいました。こちらにどうぞ」

仲居の一人が荷物を持ち、部屋を案内した。

「あらどうも。こちら、ちょっと有名なんですってね。高校野球で活躍した洞窟王子さんがいらっしゃるんでしょう?」

「ああ、孝志さんのことですね」若い仲居は微笑んだ。

「そう、孝志さんとおっしゃるの。苗字は確か……」

「一越さんです。毎日遅くまでトレーニングをされて、お母さんは汚れたユニホームの洗濯に大忙しだそうですよ」

「いいお子さんをお持ちですわね。そういえば、そのお母さま、冴子さんとおっしゃったかしら、その方もこちらの旅館ですの?」

「あらよくご存じですね。ええ、一越冴子さんです。いっしょに働いてますわ。お父さまは料理長をなさってます」

「まあそう。ご一家でなんてうらやましい」

「孝志さんが有名になったせいで、旅館も予約がいっぱいになりましてね。お客さんは運がよろしいですわ」

愛想のいい仲居が去ると、昭恵はそれとなく浪越旅館の中を歩いてみた。

けっこう大きな旅館で、仲居も一〇人くらいはいるらしい。それと悟られずに冴子と孝志の様子を見たいと思っていたが、一泊した程度ではそのチャンスは訪れなかった。

翌日、昭恵は大阪に留まろうかどうしようかと思案していたが、そこに東京から急の知らせが入った。

「なんですって靖男が！　どうしてよ！　――ええっ、なぜそんな！」

昭恵は旅館の部屋でへたり込んだ。彼女の留守中、跡取りに決めていた靖男が急死したという知らせだった。

この日、靖男は夏風邪を引いて会社を休んでいた。ところが寝ている間に熱が四〇度以上に上がって意識を失った。そのころ、東京の気温も異常なほど急上昇し、エアコンをつけないまま締め切っていた部屋は温室のようになった。結果として靖男の体温は四三度より高くなり、人間の生存可能な限界を超えてしまったのである。

昭恵はがっくりと肩を落として東京に戻り、生命を失った靖男と対面した。

「なんということ！　これで息子を二人とも失ってしまった」

その夜、昭恵の夢枕に孝緒が立った。

〝孝緒、靖男のことをお願いね。二人が亡くなったのは私のせい。ごめんなさい〟

昭恵が謝ると、孝緒は優しく笑った。

〝母さんには孫がいるじゃないか。孝志は僕と冴子さんの子どもなんだからね〟

4

靖男の葬儀が終わり、盛雄はいっそう老け込んでしまった。昭恵もしばらく寝込んでいたが、夢枕に立った孝緒の言葉を忘れられなくなっていた。

「孝緒さんの息子、私たちの孫――」

昭恵の目から一筋の涙が溢れ、枕を濡らした。

息子二人を失った昭恵にとって、孝志の存在は唯一の希望の光のように見えた。もし、あの子が本当に孝緒の子だったら……。

「すべてが変わるわ」

昭恵はベッドからむくりと起き出し、クロゼットを開けた。生前の靖男に褒められたいちばん好きな夏服を選び、夫にも何も言わず家を出た。向かったのは兵庫である。

浪速建設工業高校のグラウンドは一本の道路に面していた。洞窟王子の活躍を知ったファンがその練習を見にくるようになり、夏休みの最中とあってかなりの人だかりができていた。

「あっ、あれが洞窟王子だよ」

集団で柔軟体操をやっていた選手がグラウンドに散らばっている。数人の投手がペアになってキャッチボールを始めた。

「まあ、写真で見た以上ね」

昭恵はまずその身体に感心した。一年生とは思えないほどの体格だ。

「近くに来ないかしら。顔を見たいわ」

「えろうご熱心でんなあ。どちらからいらはりましたん?」

地元の住人らしい老人が昭恵に声をかけた。

「はい、東京からです」

東京と聞いたとたん、老人は標準語に切り替えた。

「垢抜けていらっしゃるわけだ。失礼ながら、あなたのように上品なご婦人がわざわざここまで来るのは珍しいですよ。やはり洞窟王子がお目当てですか」

「ええ、まあ」

「最近はプロのスカウトもけっこう見ますよ。来年のドラフトに向けた調査でしょうな」

「あの洞窟王子さん、プロ野球の選手になるつもりでしょうか」

「そりゃそうでしょう。あれだけの選手ですからな。阪神タイガースなら万々歳。今から活躍が楽しみですわ」

老人はにっこり笑うと、手を振って去っていった。

昭恵は一人で練習風景を見つめ、孝志の動きをずっと追っていた。すると、ランニングを始めた孝志がグラウンドを一周し始め、やがて昭恵の近くまでやってきた。

「あの、孝緒、孝緒さん！」

思わず昭恵はそう声をかけ、手招きした。

「人違いですよ。僕は孝志といいます」

ほんの一瞬だけ立ち止まった孝志を間近に見て、昭恵は激しい衝撃を受けた。

「間違いない。孝緒の子どもだわ」

しかし、今は冴子の一人息子であり、一越の家族だ。

「ああ」と昭恵はうつむいた。

あのとき、なぜ孝緒と冴子の仲を認めてやれなかったのか……。何千回、何万回と繰り返した悔悟の傷口がまた開く。

昭恵はまた浪越旅館に泊まろうかと迷ったが、結局、夫のことが心配になって東京に戻った。盛雄はすっかり足腰が弱り、会社に行くのも億劫そうにしていた。昭恵は旅館の電話で靖男の急死を知ったことが忘れられなかったのである。

昭恵が東京に戻った数日後、大富士建設に中途採用の女性事務員が面接に訪れた。主に応対したのは人事部長とその信頼があつい小谷朝雄だが、その場には七、八人ほどの関係者もいた。ところが、その女性が小谷を見たとたん、「ああっ、テレビで見た人だ！」と大声を上げた。「洞窟にいた人でしょう。洞窟王子とテレビに映っていた人だ」

小谷の経歴を知る社長や人事部長は別として、それ以外の社員はまったく知らないことだった。テレビニュースでも洞窟王子と冴子はよく映したが、小谷のほうはほとんど映像を流されなかったせいもある。

以前、大富士建設では「孝志という子は亡くなった孝緒に似ている」との噂が立ったが、今度は「小谷部長は洞窟王子と暮らしていた男と同一人物らしい」という話でもちきりになった。小谷が社員食堂に行くと女子社員たちが遠巻きに眺め、社長室に呼ばれると秘書室が騒然となった。

小谷自身は特に気にしなかったものの、土地調査部内の仕事に影響が出ないよう、課長たちに簡単に自分のことを説明した。この話はあっという間に社内に広がり、噂話は静まったものの、その顚末は昭恵の耳にまで届いた。

昭恵はいてもたってもいられず、大富士建設の本社ビルに向かった。常勤してはいないが、昭恵も会社の役員だ。役員室に行き、すぐに小谷部長を呼び出した。

「小谷さん、実は――」

昭恵の率直な質問に小谷も素直にうなずいた。

「そうです。洞窟にいるとき、冴子さんや孝志と暮らしていました。大富士建設が孝緒さんという方の会社だということもわかっていました。黙っていてすみませんでしたが、社長は私の事情をご存じでしたし、あえて皆に言う必要もないと思っていました」

「そうでしたの。それで、あの孝志という子、孝緒の子なんでしょうか」

小谷はこれにもうなずいた。

「冴子さんがそう仰ってましたよ。孝志という名も、父親の名前から一文字とって冴子さんご自身で付けたんです」

「ああ！　やはりそうだったのね」昭恵は祈るかのように手を合わせた。

「誤解のないようお話ししますが、冴子さんと僕の間には何もありません。彼女はとても綺麗で優しい女性でしたが、すでに最愛の人がいたんです。むしろ、僕たちはよい友人か兄妹のようでした。彼女は若いのに大変な苦労もされたようで、人間の鏡のような方ですよ。洞窟では〝姫さま〟と言われ、生神さまとして慕われていました。長い間洞窟で無事に生きられたのも、そのおかげでしょう。僕がもっとも尊敬する女性の一人です」

昭恵は両手で顔を覆って泣きだした。

「孝緒さんは本当によい人を見つけたのね。なのに私――」

ハンカチで涙をぬぐった昭恵は、ふと夫のことが気になった。盛雄は孝志の存在に気づいていない。すぐにこのことを知らせなくてはならない。

その夜、昭恵は夫にすべてを話した。孝緒と冴子のこと、孝志や小谷部長のこと、そして、自分が犯してしまった過ちのことなどだ。

盛雄は孝志のことを聞くと、倒れんばかりに驚いた。

「孝緒の息子だと！　じゃ、孫がおるのか、わしの孫が……」

つかの間、呆然とソファに沈んでいた盛雄だったが、やおら立ち上がると「よし、会いに行くぞ！」と叫んだ。

「そうか孫がおるのか。それも甲子園で大活躍した人気者とはなあ」

盛雄はそうつぶやきながら部屋の中を歩き回った。

「あなた、ちょっとお待ちくださいい」

足腰が弱り、立ち上がるのさえ辛そうだった盛雄だ。元気の出た姿を見たうれしさもあったが、
昭恵はそっと夫をソファに戻した。

「待てとはなんだ。自分の孫にも会いに行けんのか」

「いきなり押しかけては迷惑になりますでしょう。私から小谷さんにお願いします」

翌日、昭恵はまた小谷を呼び出した。

「孝緒は私どもの息子でしたから、孝志さんは孫にあたります。でも、私は藤山家と小料理屋の娘では釣り合わないと無理に別れさせてしまった。今思えば本当に愚かなことでした。小谷さん、どうか、あなたの力で藤山と孫との間を取り持ってくださいませんか。もう私たち夫婦もそれほど先が長くありません。できるなら、大富士建設を孫に譲り、孝緒に謝りたい。それが私たちにできる、ただ一つの償いよ。小谷さん、あなただけが頼りなんです。どうかお願いします」

昭恵の必死の願いを小谷は承諾した。

「大阪に行きましょう。でも、一越家がどう返事をするかはわかりませんよ」

「どうか、よろしくお願いします」

昭恵は藁をも摑む思いで頭を下げた。

翌日、さっそく小谷は大阪に向かった。しかし、浪越旅館の予約はいっぱいで、部屋を取れない。しかたなく仲居に事情を説明すると、奥から精一が現れた。

「冴子の父親です。小谷さんのことは娘から聞いております。大変お世話になったそうで、あり

がとうございました」

初対面ながら精一は小谷を応接間に通し、ていねいに礼を言った。

「突然お邪魔して申し訳ありません。実は冴子さんと孝志くんに話があって参りました」

やがて、外出していた冴子と孝志が戻ってきた。

「やあ、冴子さん、久しぶりだね。孝志くんも大活躍じゃないか」

冴子は小谷との再会をとても喜び、孝志も相変わらず「父さん」と呼んだ。小谷が洞窟王子と言うと、孝志は苦笑した。

「もう慣れたんだけどさ、本当は球場で大合唱されるのが厭だったんだよ。で、父さんはどうしてたの？」

「大学を辞めて就職したんだ。開発地の遺跡調査のような仕事だよ」

「また遺跡調査をしてるの？　父さん、よかったね」

「まあ、そうなんだが」と言葉を濁し、小谷は冴子と孝志の顔を順番に見た。

「実はその会社、大富士建設なんだ。つまり、孝緒さんの会社だよ」

「あら偶然ね」

冴子は平静を装っていたが、内心では驚いているようだった。

「うん。大富士建設は跡取りを二人亡くしている。孝緒さんとその弟だ。もう藤山家に跡取りはいない。率直に言おう、そんな事情も含め、僕は社長夫人に頼まれてここにやってきた。冴子さんは覚えてるだろう？」

冴子の頬がわずかにこわばった。

「ええ、覚えてるわ」

「夫人は僕に詳しい事情を打ち明けた。冴子さんに〝二人を一緒にさせてやればよかった〟と謝りたいんだそうだ。涙ながらに後悔している夫人の姿は見てられないほどでね。君たちの気持ち次第だけど、できれば夫人と会って、話を聞いてもらえないかな。ご両親の許可もいるかもしれないけどさ」

「私の両親なら〝好きなようにしろ〟って言うと思う。でも、話をするだけならともかく、跡取りのことまではちょっと……」

小谷がうなずくと、孝志も「僕は僕の道を進もうと思っています」と言い添えた。

「もっともな話だ。誰にも自分の意志というものがある。それじゃ、跡取りの件は置いといて、藤山家の老夫婦にならら会えるかい？　孝志のお祖母さんとお祖父さんだよ」

冴子と孝志は顔を見合わせた。

「孝志、どうする？」

「本当に僕のお祖父さんやお祖母さんなの？」

「それは間違いないわ。あなたの本当のお父さんは大富士建設の長男だったんだから。みんな、孝志を孝緒さんに生き写しだと言っているそうよ」

「驚いたなあ。大富士建設といえば誰でも知ってる大企業だもん。まさか僕がそこの社長の孫だなんて、ちょっと困るよ。父さん、どうすればいいと思う？」

小谷は、「まあ、軽い気持ちで考えろよ」と笑った。

「大企業といっても普通の会社だし、社長といっても、当たり前の人間なんだからさ」

それを聞くと、孝志も笑った。

「そうか。そうだよね。わかったよ」

この日、小谷は東京にとんぼ返りで戻り、翌日、昭恵に報告した。

「よかった！　小谷さん、ありがとう。話ができるだけでも十分。それに大富士建設の孫ということを知ってもらっただけでも大きな前進ね」

小谷は昭恵に一越家の電話番号を教えた。冴子の部屋にある電話のほうだ。

「冴子さんが〝都合のいいときに一度電話をください〟と言ってました。僕も、いきなり対面するより、そのほうがいいような気がします」

「わかりました。何もかもまとめてくださって……」と、昭恵はていねいに礼を言い、「小谷さんのような方が大富士を切り回してくだされればねえ」とため息をついた。

「とんでもない。僕なんかには荷が重い仕事ですよ」

「そういえば、ご結婚は？」

「いや、独身です」

「それなら、私どもがいい女の方をお世話したいわ」

「僕はもう四十三になるんですよ」

「あら、まだお若いじゃないの」

その日、さっそく昭恵は冴子に電話をかけた。

「一越冴子さん？　私、孝緒の母親です。あなたに辛い思いをさせてすみません。本当に馬鹿な親でした。どうか、許してください」

最後は涙ながらの言葉になった。

「そんな、許すだなんて……。私はこれも人生だと思っているんです。それに孝緒さんの子を、孝志を授かって幸せだと思います。ですから、そんなふうに言わないでください」

昭恵はハンカチで涙をぬぐい、受話器をもったまま何度もうなずいた。

「ありがとう。孝緒の子を産んでくれたこと、本当に感謝しています。先日は小谷さんを通して無理なお願いをしましたが、あなたにも孝緒にも心から謝りたいの。どんな償いでもいたします。本当はこちらから伺うのが筋ですが、もう主人の盛雄も年を取り、足腰がいうことをききません。できれば一度、東京の藤山の家に来ていただけませんか」

「では孝志と相談して、そのようにしたいと思います」

「ああ、うれしい。ありがとう！　よろしくお願いいたしますね。では、近いうちに、きっとね！」

電話を切った昭恵はその場に座りこんで泣き出した。

一方の大阪では冴子がカレンダーとにらめっこをしていた。今、旅館は大繁盛していて、なかなか休みをとれない。孝志のほうも野球部の練習に忙しかった。

「でも、あんなふうに言われちゃうと、会わないわけにもいかないわよね。やっぱり孫の顔を見たいでしょうし、なんとか都合を付けるしかなさそうだわ」

5

昭恵の電話から一〇日後、冴子と孝志は東京駅に着いた。〝銀の鈴〟で二人と待ち合わせたのは小谷である。

「やあ、二人ともよく来たね」

「小谷さん、お迎えありがとう」

小谷は冴子と握手を交わし、孝志の肩に手を置いた。

「緊張しないでいこうな」

「父さんがいるから平気だよ」

「そうか。じゃ、さっそく行こう。あっちに社の車を待たせてあるんだ」

三人が乗り込むと、真っ白い外車は滑るように発進した。

孝志は車窓から東京の街並を物珍しげに見ている。

「大きな建物がこんなにたくさんあるのか。すごいなあ」

小谷は建築物に興味を持つ孝志を満足気に眺めている。

やがて車は広い門を入り、いくつかの大きな倉庫の間を通って本社ビルの前で止まった。一五階建ての巨大な高層ビルで、無数の窓ガラスが真夏の日差しを反射して輝いている。

「父さん、すごいところで仕事をしてるんだね。あんまり大きいんでびっくりしたよ」

ビルの屋上には巨大な看板があり、緑色の文字で社名が書かれている。

三人は受付嬢にていねいな挨拶を受け、その案内で大きな油絵や彫刻が飾られた広い廊下を歩いた。

「ここから先はね、会社にとって非常に大事なお客さまを迎える特別なところだよ」

小谷がそう説明すると、冴子も孝志も感心して周囲を見回した。

「綺麗な絵ねえ」

「あの彫刻もすごいや」

やがて通されたのは、豪華なカーペットを敷きつめた広い応接間だ。シャンデリアもレースのカーテンも何もかもがキラキラと輝いている。奥にある革のソファーから藤山盛雄と昭恵夫婦が立ち上がった。

盛雄は足腰が衰えているとはいえ、さすがに貫禄がある。昭恵も飾りたててはいないが、社長夫人らしい控えめで品のよいワンピースをまとっている。服の色調が暗いのは亡くなった靖男の喪があけていないせいだろう。

孝志は豪華な室内の様子に気後れしたようだったが、冴子は優雅にお辞儀をした。

「はじめまして、一越冴子です。そして息子の孝志です」

「孝緒の父、藤山盛雄です。こちらは妻の昭恵。遠方から本当によく来てくださった。あなたが冴子さんですか。小谷から話は聞いておりました」

盛雄と昭恵は嬉しさで頬を弛めてはいたが、まずはけじめをつけたいと思っていたようだ。冴子と孝志に深々と頭を下げた。

「孝緒がお世話になったのに、私どもが失礼なことをして本当にすまぬことをしました。どうか許してください」

これには、さすがの冴子も慌てた表情になった。

「おやめください。そんなふうに思っていません。短い間でしたが、私は孝緒さんとお付き合いさせていただき、幸せでした。孝志もこんなに立派に育ってくれて、ありがたいと思っています」

冴子は「あなたのお祖父さまとお祖母さまですよ」と、孝志に微笑みかけた。

「はじめまして、孝志です。お祖父さま、お祖母さま、今日はお招きいただき、ありがとうございます。僕のお父さんがこんなに立派な家で生まれたなんて夢みたいです」

「おお、わしをお祖父さまと呼んでくれたぞ」

老夫婦は思わず顔を見合わせた。

「私をお祖母さまと言ってくれたわ。ありがとう、孝志さん。あなたは私たちのたった一人の大切な孫よ。まあ、お顔も孝緒にそっくりで、まるで兄弟を見ているようだわ」

冴子と孝志はふわふわのソファーに座り、笑顔の絶えない老夫婦としばらく話をした。小谷と受付嬢が飲み物や軽食を運び、それをおいしそうに食べる孝志を見ながら老夫婦は幸福そうに微笑んでいた。

「ねえ、冴子さん。できたら孝志さんと一緒に東京に住んでくださらないこと？　小谷もいますし、私たちも賑やかになって楽しいわ」

「まだ学校があるんです」

先に孝志が返事をし、冴子も「私自身も親と一緒に働いておりますので、当分の間は大阪から離れられません。できましたら大阪に遊びにいらしてください」と答えた。

「そうだな。わしももう少し元気になって、大阪に行くか」

盛雄が力こぶをつくるふりをすると、孝志もそれを真似した。

「おお、孝志くん、凄い身体だな」

盛雄は手を出し、孝志と握手をした。

「丸太のような太い腕だ。男らしくていいぞ。頑張りなさい」

大きな窓から日の傾きかけた空を見て、昭恵は「今日は泊まってくださる?」と冴子に聞いた。

しかし、冴子は「申し訳ありません」と頭を下げた。「旅館のほうが忙しくて、やっと今日一日だけお休みをいただいたんです」

老夫婦が残念がると、孝志も元気よく「僕も試合があるんです」と言った。

「お祖父さま、お祖母さま、いつかまたお招きください。ありがとうございました」

「残念だわ。本当にまた来てちょうだいね」

初めて孫に会った盛雄は、「なんと嬉しいことだ。すばらしい孫だ。よい冥土の土産ができたよ」

と、珍しく弱音を吐いた。

冴子は励ますように「ずっと元気でいてください」と言い、「実はお願いがあります」と続けた。

「なんだね。どんなことでも言ってほしい」

「今から考緒さんのお墓にお参りさせてください」

「まあ考緒の……」昭恵は感動のあまり涙ぐみ、押し頂くように冴子の両手をとった。「ありがとう、ほんとうに優しい方ね」

「よし、わしらも一緒に行こう」

考緒の墓は永遠寺という寺にあった。冴子は線香を上げ、手を合わせた。

「考緒さん、この子はあなたの子どもです。こんなに立派になりました。私は孝志を一人前に育てて、考緒さんの意志を継いでいきます。どうか安らかにお眠りください」

孝志も本当の父の墓に手を合わせた。

「お父さん、僕も母さんも元気です。顔を合わせることもなく旅立って行かれて、さぞ寂しかったでしょう。僕もお父さんの苦労を胸に刻み、正しい道を歩きます。どうぞ見守ってください。また来ます、さようなら」

冴子も孝志も、これで今まで心にかかっていた霧のようなものが晴れた気がした。そして二人は親子の絆がいっそう強まったようにも感じたのである。

「お参りできてよかった。では大阪に帰ります」

冴子と孝志が老夫婦に頭を下げると、少し離れて見守っていた小谷が「よかったね。駅まで送るよ」と近づいてきた。

「大丈夫、二人で帰れます。ゆっくり歩いて行きたいの。これで考緒さんも成仏してくれると思うわ」

孝志は一度だけ父の墓を振り返った。

「僕の後ろに亡き父がいてくれる。だから厳しい練習にも耐えられるよ。どんな苦労も乗り越えて、今度は絶対に優勝してみせるぞ」

孝志にとっては、初めて父親にする固い誓いだった。

大阪に戻った冴子の表情は以前よりずっと明るくなった。それは旅館の客にもわかるほどで、もともと洞窟王子がいるといって繁昌していた上に〝なんて気持ちのいい旅館だろう〟と評判になった。

やがて、浪越旅館の主から、京都に別館を建てる話が持ち上がった。

主から相談を受けた精一は、娘親子の将来のためになるならと考え、冴子にそこの女将にならないかと話を持ちかけた。器量がよくて接客も上手な冴子がその気になるなら、おそらくは京都でも評判になるだろう。

しかし、冴子はうんと言わなかった。

「だって、孝志もまだ高校生だし、面倒も見なければならないわ。それに藤山の方たちとも縁が繫がったでしょう？　孝緒さんのご両親のことも心配なのよ。私に心から謝って、孝志をかわいがってくれた。もう赤の他人とは思えなくなったわ。とても旅館の仕事に専念できるとは思えないの」

その孝志は野球に夢中だ。地上に来て初めて出会ったスポーツだし、遺跡調査で鍛えられた身体は野球にぴったりはまった。野球に打ち込んでいるとき、孝志は〝地上に出てきてよかった〟

としみじみ感じるようになっていた。

ただ時々、ふと考えることがあった。それは冴子も同じらしい。

「あのとき出てきた白いネズミってさ、いったい何だったんだろう」

「私も気にかかっていたの。小谷さんは〝地上から来たのかもしれない〟って言ってたけど、伊東の海に白いネズミなんているかしら」

「なんか、僕たちを大きな石の祠に連れていったみたいだよね」

「もしかしたら、神さまの使いだったのかしら」

「そんな不思議なこと、あるのかなあ」

両親にこの話をすると、精一も百合も首をひねった。

「まあ、不思議なこともあるものね。みんなを助けに来たわけでしょう」

テレビを見ながら晩酌していた精一が急に考え込んだ。

「冴子が洞窟に落ちたところな、勇造のお祖父さん夫婦が自動車で落ちたところだろ。あれ以来、二人とも見つかってない。冴子のように地下に吸い込まれたんじゃないかな？」

「そういえば、白ネズミが〝おいでおいで〟と言わんばかりに振り返ってた。やっぱり出口に案内してくれたのかしら」

すると、精一は「そのネズミ、勇造のお祖父さんだったかもしれんぞ」と笑った。「もしかして、その黄金像は夫婦じゃなかったか？」

「そうよ。地下にあった像はみんなそうだったの」

「ほらみろ。きっと大きなほうが勇造のお祖父さん。小さいほうが詩織のお祖母さんだったんだよ」

「そういえば、あの像は笑っていたようにも見えたわ」

「お祖父さんなら、冴子を助けてくれる。正しいことをしていれば、いつか助けられて、またいい時がくるのさ」

「そうか。わかったよ」

孝志は家族の絆を強く感じ、自分がその一員でいられることに安心した。これまで以上に野球に打ち込んだ結果、孝志の浪速建設工業高校は二年連続で県大会に優勝した。

甲子園の初戦は静岡県代表の久能高校、これは冴子の母校だ。

静岡県はサッカーで有名な県だが、昔から野球も盛んだ。試合当日、両校の応援団がスタンドを埋めつくした。

「本当はどちらにも勝ってほしいけど、孝志にはそう言えないわね」

冴子は三塁側のスタンドに行ってみた。久能高校の応援席だが、なんとなく足が向いたのである。今日ばかりはどちらかを応援するような気分ではなかった。そうこうするうち、見覚えのある女性が隣に座った。

「あっ、やっぱり冴子ちゃんじゃない！」

それは高校時代の同級生だった。

「まあ、梢さん？」

「やだ、私ったら〝ちゃん〟で呼んでゴメンね。あれから一五年以上たってるのにね」

「いいのよ。同級生だもん」

するとと梢が、「何年か前、ニュースで見たよ。あのときはびっくりした」と洞窟の話を聞いてきた。

「行方不明って聞いたときは心配したけどさ、本当に洞窟にいたの？」

「そうよ。でもいいところだったわ」

冴子が洞窟の生活を話して聞かせると、梢は感心しながら耳を傾けた。

「ふうん。なんかさあ、せちがらい地上より住みやすそうでいいね。あたしも行ってみたいけど、ダメだなあ。息子もいるしね」

「お子さんがいるの？」

「実はね、今日の試合の先発ピッチャーなのよ」

「あら、それじゃ私の子と投げ合うのね。困ったわ、どっちを応援したらいいのかしら」

「こっちにいるんだから久能高校を応援してよ。あんたの母校じゃない」

「でも孝志にもしっかり投げてほしいし」

梢は「そりゃそうだよね」と笑った。「じゃ、あたしは学校の応援団のところに行くよ。またね！」

冴子は階段を下りていく梢に手を振った。

「違う試合だったら応援できたのにな」

久しぶりに高校時代のことを思い出したが、試合開始までには浪速建設工業の応援席に向かった。

「冴子、遅かったじゃないか。こっちだよ」

一塁側のスタンドに行くと、精一が手招きをしている。百合の姿もあった。

「ごめんなさい。高校の同級生にばったりと会って、ちょっと話をしてたの」

「そうか。相手は冴子の母校だもんな。それにしても、今年の応援はすごい。孝志の学校、全生徒が来てるのか？」

「学校関係者以外のファンも多いんですってよ」

そのとき、一塁側スタンドから〝洞窟王子〟のコールが始まった。

「うわ、すごい大合唱だ。これじゃ話もできんな」

「そろそろ試合が始まるのよ」

この応援風景はテレビでも放映されていた。浪越旅館のスタッフたちも、休憩時間になるとテレビをつけて見ている。

「あっ、始まるわよ」

仲居の一人が仲間を呼ぶと、前掛けをとりながら数人のスタッフが休憩室にやってきた。

いよいよ一回戦のプレイボールだ。サイレンとともに久能高校の城河秀夫投手が第一球を投げると、アナウンサーがいきなり声を張り上げる。

「おおっと凄い変化球です！」

「バットが完全に空を切りましたね。いい球です」

すかさず解説者があとを続ける。

「また変化球で空振り三振！　あっという間にワンアウトです」

「球のスピードはさほどありませんが、各バッターは鋭く曲がる球についていけてません。〝浪速〟のエースも好投手ですので一点を争う好ゲームになるでしょう」

解説者の言ったとおり、一回戦は緊迫した投手戦になった。

久能高校のエースは変化球でタイミングを外し、相手バッターのほとんどを空振りの三振に切ってとる。一方、浪速建設工業高校のエース・孝志も剛速球をコントロールよく投げこみ、やはり三振の山を築いていた。

前半五回の終了時点で0対0。両チームともエースの活躍が際だった。このとき、テレビがハンドマイクを手にしたアナウンサーを映しだした。

「ご存じの方もいると思いますが、実は、両校のエースのお母さんは高校時代の同級生だったんですね。お二方にお話を聞いてみましょう」

すると、先ほど冴子と話していた女性が映された。

「久能高校、城河投手のお母さんです。さっそくですが、息子さんが大活躍ですね」

「ありがとうございます。秀夫は毎日暗くなるまで練習をしていました。その成果が出ているようで私も嬉しく思います」

「アウトの半分以上が三振です。チームの勝利に加え、三振奪取記録も出そうですよ」

「いえ、まだ勝負はわかりません。相手のエースは怪物といわれる洞窟王子ですからね。油断はできません」

「その洞窟王子のお母さんも久能高校の出身で、お母さん同士が同級生ですね」

「ええ、そうです。ですから、一越さんはどちらにも勝ってほしいんじゃないかしら」

「なるほど。ではご健闘を祈ります。ありがとうございました。――今度は浪速建設工業高校の一越孝志投手のお母さんです。孝志くんも大活躍ですね」

「ありがとうございます」

冴子が登場すると、テレビに見入っていた仲居たちが歓声を上げた。

「あらすごい！　冴子さんのインタビューよ！」

「テレビ映りもいいわねえ。うらやましいわ」

アナウンサーはまぶしそうに冴子を見ながら話し出した。

「一越投手は力と力の真っ向勝負ですね。変化球を操る久能高校のピッチャーに対し、剛速球で相手バッターをバタバタと倒しています。許した安打はセンター前のポテンヒット一本だけです」

「遺跡調査で鍛えた身体があるからだと思います。かなり力のいる仕事でしたから」

「なるほど、洞窟王子たるゆえんですね。普段の練習でも筋力を鍛えているのですか？」

「そうですね、やはり動かさないと筋肉が衰えるといって、いろいろなトレーニングを組み合わせているようです。孝志自身は下半身の強化が重要だと言ってました」

「それであの球速が出るんですね」

そのとき、スタンドからまた〝洞窟王子〟コールが始まった。球場が割れんばかりの大声援だ。

「一越投手のお母さんでした。ありがとうございました」

一人でカメラの前に立ったアナウンサーが、「洞窟王子こと一越投手はあの剛球と甘いマスクで人気を集めています」と話し始めると、テレビは再び試合風景を映しだした。

試合は0対0のまま終盤を迎え、九回表、ツーアウトランナーなしで孝志の打順となった。打力もなかなかのものを持っていたが、今日はまだいいところがなかった。

テレビを見ている仲居がごくりと唾を飲み込んだ。浪越旅館の休憩室でも空気が張り詰めている。

「バッターは四番の一越、また洞窟王子コールが響きます」

「一越くんはエースで四番バッターですけどね、今日は城河投手の変化球にタイミングが合ってません」

「一越のバッティングは一本足打法。世界のホームラン王、王貞治選手を彷彿とさせます」

「タイミングをとるのが難しい打法です。ただ、前回の打席で大きな当たりを放ってますね。わずかにファールでしたが、この対決は見ものですよ」

「城河投手、ぽんぽんと追い込んでからボール三つ。バッターの一越、よく選んでフルカウントに持ち込みました」

テレビ画面中央の球審が両手を上げ、バッテリーにカウントを知らせた。

「さあ、九回表、最後の一球となるか。ピッチャー振りかぶりました」

固唾を飲んで見守る浪越旅館の仲居たちが思わず目をつぶった瞬間――。

「打った――っ！」とアナウンサーが絶叫した。

一呼吸おいて休憩室でも大歓声が上がった。

「やった、やったー！」

孝志の打った打球は青空に高々と舞い上がり、綺麗な放物線を描いて満員のレフトスタンドに吸い込まれた。

「ホームラン！　レフトオーバーのホームラン、凄い打球でした。これで浪速建設工業高校が一点のリード。勝利に大きく前進しました」

九回裏、孝志は一球残らず全力投球し、たった九球で三者三振に切ってとった。

「ゲームセット！　浪速建設工業高校、一回戦突破です。手に汗握る投手戦を制し、二回戦進出を決めました！」

「球史に残る投手戦でした。〝浪速〟は地元代表の意地を見せましたね」

「善戦した〝久能〟の城河投手にも大きな拍手が送られています」

「応援団の態度もすばらしい」

スタンドの冴子も飛び上がって喜んでいた。

「やっと甲子園で勝てた。きっと孝志やチームのみんなも嬉しいでしょうね」

「おめでとう。いい試合だったわねえ」

百合がそう言うと、精一も「見応えのあるゲームだったなあ」と感心した。「今夜のスポーツニュースが楽しみだ。ビールがうまいぞ」

球場から出る途中、冴子は梢に呼び止められた。

「おめでとう。やっぱり洞窟王子は凄かったわ」

「ありがとう。秀夫くんもいいピッチャーね。驚いたわ。今回はこちらが勝ったけど、勝敗なんて時の運よ。次はどうなるかわからないわ」

「秀夫、泣いてたけどいいライバルができたと言ってたわ」

「孝志も同じ気持ちだと思う。また会いましょう」

その夜、藤山のお祖父さんから電話が入った。ちょうど孝志もチームのミーティングを終え、戻ってきたところだった。

「勝利おめでとう。昭恵と二人で試合を見てたぞ。よくやった。それにしても、すごい声援だったな」

電話に出た孝志は「地元だからね。僕、今度こそ優勝したいんだ。次も頑張るよ」と力強く返事をし、最後に「お祖父さまもお祖母さまも元気でね」とやさしく言い添えて東京の祖父母を有頂天にさせた。

藤山家と一越家は、孝志の野球を通して少しずつ近づいていくようだ。

もちろん、小谷からもお祝いの電話が入った。

「甲子園の初勝利、おめでとう。孝志、すごかったぞ。よくやった。僕も次の二回戦は絶対に見に行くよ」

「みんな父さんのおかげだね。洞窟で教えてもらったことが役に立ってるんだ。野球をしてると、あのころをよく思い出す。いろいろ大変だったけど楽しかった。あの人たち、今はどうしてるかな」

「変わらないと思う。のんびりやっているさ」

「また洞窟に行けるかな。行ってみたいよ」

「気持ちはわかるが、もし行ったら、もう戻れないかもしれないぞ」

「うーん、一生、洞窟の中で暮らす覚悟が必要なんだね。でもね、僕が今の高校に入ったのは、何とかしてあの人たちを洞窟から出してやろうと思ったからだよ。それには土木技術がいるでしょう？」

「なるほどなあ。孝志はやさしいな。でも、それは間違いだよ。洞窟の人たちはあれで楽しく暮らしてる。いきなり地上に出されたら、生活できないだろう。孝志はもともと地上の人の子だけれど、彼らは洞窟で暮らしてきた人たちだ。生きる環境がまったく違うんだよ」

「そうか。そうなのかもしれないね」

「ああ、もう一度よく考えてな。それから、次の試合もしっかり投げるんだぞ。じゃ、お母さんによろしくな」

「わかった。ありがとう」

二回戦の相手は東北の強豪、松島楽園高校に決まった。一番から九番まで切れ目のない強力打線が売り物だ。特に三、四番の大島と北原には長打力があり、新聞各紙が〝洞窟王子との対戦に注目〟と報道するほどの打力を誇っていた。

試合当日、小谷は約束通り応援に駆けつけた。

「孝志、頑張れよ。試合前の練習を見てきたが、相手打線はかなり好調だ。今日は速球ばかりで押さず、緩急をつけたほうがいいかもしれんぞ」

小谷はまるで監督のようなことを言う。

「うん、そうだね。少し考えて投げてみるよ」

孝志は秘策を練ってマウンドに立った。

試合が始まると、小谷は学校応援団から少し離れ、外野スタンドに向かった。ラジオからアナウンサーの実況が流れてくる。

「……おっと、三番の大島もタイミングを外されてピッチャーゴロ。チェンジです。一回の松島楽園は無得点」

すると解説者が興奮気味に続けた。

「これは一越投手の頭脳的な投球ですよ。高校生でこんなピッチングができるんですね。バッターは速球と緩い球に惑わされて手も足も出ない状態です」

やや遠目に孝志の背を見ながら、小谷はにっこり笑った。

「いいぞ。やるじゃないか」

しかし、解説者が「〝浪速〟の打線が湿ってますね」と言うように、両校ともなかなか得点をあげられない。

結局、一回戦に続き、二回戦も0対0のまま九回の攻防を残すのみとなった。

「さあ試合は大詰め。九回表、〝松島〟の攻撃です。あっと、期待の先頭バッターはあえなく三振。相変わらず一越投手の頭脳的な投球が冴えます。バッターボックスに入るのは二番の田所。おおっと、初球の緩い球をうまく打ってヒット。ワンアウトからランナーが出ました。続くバッターは三番、強打の大島です」

「中軸の前にランナーを出したか」外野席の小谷がつぶやいた。

「一越、振りかぶって第一球。ストライク！　剛速球がど真ん中に決まりました。そしてセットポジションから早くも第二球の構え。投げました！　今度は緩い球でストライクッー。ものすごい球速差です」

「山なりの超スローボール。五メートルくらいの高さから落ちてくるような球でした」

「これにはスタンドの応援団も大喜び。歓声と大きな拍手がわき起こっています。さて第三球はこれもゆるいカーブ。おっとバッター打たされた。ショート真正面のゴロ。ショート捕って二塁から一塁に転送、ダブルプレー。あっという間にスリーアウト！」

「よし！」小谷が拳を握った。

「さあ、九回裏、〝浪速〟の攻撃。打順よく二番からの攻撃です」

「ピンチのあとにチャンスありと言いますからね」

「あっと、しかし二番、三番ともに初球を打ち上げて平凡なセンターフライ。ツーアウトランナーなしで四番の一越がバッターボックスに向かいます」

金属バットを持った孝志が素振りを始めると、スタンドから〝洞窟王子〟の声援が響いてきた。

「さあ、第一球、振りかぶって、投げました。打ったー！　レフトに弾丸ライナー。ええっ、ホームランだ。なんとそのままレフトスタンドに突き刺さりました。サヨナラホームランです。一越、また打ちました！　〝浪速〟は1対0でサヨナラ勝ち！」

「これはすごい。一越選手、神がかってますね」

試合後、孝志は照れながらインタビューに答えた。

「サヨナラホームランはまぐれなんです。狙ってたわけではなく、たまたま真ん中に来た速球を振ったらスタンドまで飛んだだけです」

外野席から小谷もやってきた。

「よくやったな、孝志」

浪速建設工業高校のナインはこれで波に乗り、打線も爆発して準々決勝、準決勝と順調に勝ち上がった。

明日は甲子園の決勝戦だ。最終決戦の相手は東京代表の江戸陣高校。昨年の一回戦で敗れた相手である。当時の選手も約半分は残っていた。

新聞には〝東西対決〟〝古豪対怪物〟などの見出しが躍り、テレビのスポーツニュースで解説者が戦前予想を聞かれていた。

「ずばり、勝つのは強打の江戸陣高校か、怪物のいる浪速建設工業でしょうか」

「予想は難しいですねえ」いくら解説者でも、なかなか断言はできない。

「去年は江戸陣高校が勝ってますが」

「確かにそうでしたが、あれは一回戦でしたし、今年も同じ結果になるとは言えません。両校とも決勝まで勝ち抜いたわけですから、実力は互角と見るべきでしょう」

どの局も孝志については大きく取りあげており、「一越という頼もしい選手が登場し、高校野球の人気も一段と盛りあがった」と結んでいた。

翌日、日本中が注目するなか、決勝戦のサイレンが鳴った。

今日も小谷は学校応援団から離れ、外野席に座ってラジオをつけた。

「さあ、この試合で優勝校が決まります。一回表、〝浪速〟の攻撃。果たして昨年の雪辱なるか。ピッチャー振りかぶって、投げました。打った！　なんと先頭バッターがホームラン。〝江戸陣〟のエースが乱調です」

「かなり疲れが見えますね」

「なるほど。〝江戸陣〟のエースはすべての試合を一人で投げてますからね」

〝浪速〟の打線は球の走らない相手投手を打ち込み、6点を挙げてノックアウトした。

「決勝戦は初回から〝浪速〟に優位な展開となりました。一回の裏、〝洞窟王子〟の声援とともに一越投手がマウンドにあがります」

外野席の小谷は険しい表情だった。

「疲れてるのは孝志も同じだ」

小谷の心配は的中した。直球にいつもの伸びがなく、スピードもがっくりと落ちている。それに気づいた相手打線が活気づき、洞窟王子の直球を狙い打った。しかし、江戸陣高校の二番手投手のできが悪く、浪速建設工業高校の打線はさらに6点を積み重ねた。

結局、浪速建設工業高校が打撃戦を制し、12対6で優勝した。孝志は歯を食いしばって最後まで一人で投げ抜いた。

小谷が双眼鏡でバックネット裏を見ると、アメリカ人らしい数人の男が肩をすくめながら席を立つところだった。

「メジャーリーグのスカウトか。打ち込まれた洞窟王子にがっかりという顔だな」

試合後、家に帰ってきた孝志は家族からの祝福を受けると、すぐに眠ってしまった。よほど疲れているのだろう、食欲も落ちているようだった。

問題が起きたのはその夜のことだ。帰宅途中の浪速建設工業高校の野球部員を高校野球のファンが見つけ、祝勝会だと言って繁華街に連れ出したのである。ファンといっても暴力団がらみの連中で、町の居酒屋でタバコや酒を飲ませたあげく、酔った勢いで他の客とけんか沙汰になってしまった。

この一件が明るみに出たのは、店を壊された居酒屋の店主が警察に通報したためだ。翌日の朝刊に大きく報道されると、世間からの批判が相次いだ。

もちろん、家で寝ていた孝志は事件とは無関係だったが、警察に呼び出されて事情聴取されると、野球部全員が疑いを受けていることがわかった。

「おまえもタバコや酒を飲んだんだろう。暴力もふるったのか」

「僕はそんなことしてません。酒も飲んでいません」

「嘘を言うな」

いったん疑いをかけると、警察の取り調べは執拗で荒々しかった。だが、孝志が飲酒した証拠などあるわけがない。孝志を含む、ほかの部員の疑いは晴れたものの、浪速建設工業高校の野球部は一年間の出場停止処分になった。

一方、この事件を重く見た学校は緊急の職員会議を開き、野球部を解散することにした。なにしろ、甲子園の優勝校がその日のうちに不祥事を起こすなど、前代未聞の出来事だ。

学校でこれを知らされた孝志は旅館に戻って冴子を探した。胸の内の悔しさを誰かに聞いてほしかったからだ。しかし、なかなか冴子が見つからない。普段は優しく、穏やかな孝志だが、このときばかりは癇癪を起こして廊下にグローブを叩きつけた。たまたま、それが仲居の足に当たり、彼女は倒れた拍子に腰を打撲した。

「痛いじゃない。何をするの。この暴力小憎！」

「ごめんなさい」孝志はすぐに謝った。

そこに冴子も飛んできて謝ると、その場はなんとか収まった。しかし、孝志の気持ちは晴れない。むしろ、ますます憂鬱になっていき、その夜は一睡もできなかった。

団体責任だと、理屈ではわかっている。野球部が起こした不祥事なら部員全部の責任だ。でも、事件に何の関わりもなかった孝志は残念でならない。出場停止どころか野球部そのものを解散するなんて――。

「野球にすべてをかけてきてこの有様だ。僕は何のためにつらい練習に耐えて、打ち込んできたんだろう。全部が無意味になった。何もかも終わりだ」

ここまで順調に生きてきた孝志だったが、突然、人生そのものが終わったように感じた。今や自分は激しく批判されている野球部員だし、その中でもいちばん有名な洞窟王子だ。自分がいることで、両親や旅館にどれほどの迷惑をかけているだろう。

「だめだ。もうここにいられない。誰にも迷惑をかけたくない」

そう覚悟を決め、夜中に家を飛び出した。もちろん、あてなどない。疲れると公園のベンチで寝た。

「洞窟が恋しいよ。あそこには酒も暴力もない。みんな親切で助け合う。地上で生きることは難しいな」

行くあてのない孝志だったが、自然と足は京都のほうに向いた。

「京都は日本の美術の宝庫だ。興味深い古代建物や仏像もあるし、ほかにも見所はいっぱいある」

体力には自信があるし、大阪からなら五〇キロはない。孝志はベンチから立ち上がり、翌日の午後には京都に着いた。あちこちをのんびり歩いていると、やがて陽が傾いてきた。大きな寺の横に大きな木を見つけ、木陰で休んでいるうちに眠ってしまった。

ふと気づくと、目の前に一人の男がいた。六十歳くらいで作務衣を着ている。孝志を揺り起こしていたらしい。

男は寺の住職だと名乗った。

「寺の若いのが〝誰かが眠り込んでいる〟と知らせてきましてな」

「ああ、すいません」

「こんなところで眠るとは、行くところがないのですかな?」

「そうです。野宿しようと寝る場所を探していたんです」

「ふうむ。なにか事情がありそうだ。寺においでなさい」

ここは久斎寺という禅寺だった。本堂近くの建物に入り、和室に通された。壁にたくさんの表彰状がある。いずれも人助けを讃えたものだ。

それらに感心した孝志が寺について尋ねると、住職が合掌しながら答えた。

「困っている方々をお助けする――これぞ仏の道。ここは悩みをもつ人たちが来る寺です。わたしたちは今まで多くの方々と話しあい、相談してきましてな。社会に復帰される方もおったし、更正した犯罪者もおった」

住職の名前は佳家善助という。

久斎寺の食事は精進料理である。普段なら物足りなかったかもしれないが、空腹だった孝志はあっという間に平らげた。ていねいに礼を言ったものの、住職から事情を聞かれると口をつぐんだ。

翌日、住職が本堂で経を上げる間、孝志は本尊の前で座禅をした。読経は三十分ほどに及び、じっと結跏趺坐をしていた孝志は体が軽くなったように感じた。

やがて振り向いた住職が事情を尋ねると、孝志は素直に今までの事情を打ち明けた。

「よくわかりました。あなたがあの一越投手とは驚きましたが、そう思い詰めるものではない。野球だけが人生でもない」

孝志が唇を噛んでうつむくと、住職はやさしくその肩に触れた。

「さぞ理不尽に思っているでしょう。世間はあなたを洞窟王子だ怪物だともてはやし、ひとたび事件が起きたら掌を返す。ましてや、あなた自身が過ちを犯したわけではない。だが、世の中には食べる物も寝るところもない、もっと不幸な人がいっぱいいる。そんな人たちがこの寺に相談に来るのです。あなたも少しここで生活してみたらいかがかな」

佳家住職は孝志から電話番号を聞いて冴子に連絡し、簡単な事情を説明した。

冴子はずいぶん驚いたようだった。

「そうでしたか。ありがとうございます。捜索願を出そうか迷っていました。もし出したら、世間がまた大騒ぎをしたことでしょう。それで孝志は……」

「うむ。今はまだ野球以外のことを考えられないし、家にも帰れないそうです。当面はお預かりしたほうがよろしいようですが、いかがでしょうな。今、孝志くんを一人にしたらどうなるか心配です」

「そうですか。でも、ご迷惑なのではありませんか？」

「幸い、久斎寺はそういう悩みを抱えた者が救いを求めて来る寺です。禅を通して御仏の教えを学び、心を清浄にして落ち着かせるのです。ここで精神を鍛えれば、きっと今の逆境を乗り越えられるでしょう。本人も禅の修行に前向きのようだ」

「わかりました。孝志がそうしたいなら……。お寺の修行はきびしいのでしょうね」

「むろん、久斎寺の修行はきびしい。でも、苦しい練習に耐えてきた孝志君なら大丈夫です。強い心をもった人間としてお宅に帰ることでしょう」

その日以来、孝志は毎日のように法話を聞き、写経をし、座禅で精神を磨いた。もともと孝志は素直な心をもっていたし、我慢強かった。きびしい修行を一日も休まず、黙々と続けていた。

「よく修行されましたな」

住職がそう言ったのは六カ月が過ぎたころだ。作務衣姿の孝志は正座して合掌した。

「ありがとうございます」

「やはり、あなたの進む道は野球だけですかな？」

孝志は首を振った。

「高校に入ったのは建築を勉強するためでした。それを思い出しました」

佳家住職は微笑んだ。

「東京にお祖父さまがいらっしゃるそうですね。それも大きな建設会社の社長さんだ。そこには洞窟で一緒に暮らしていた〝父〟と呼ぶ人もおられる。それほど建築に興味があるなら、その会社の将来のことを考えてもいいのではありませんかな」

孝志は高校を中退することにした。冴子はもったいないと言ったが、孝志に迷いはないようだった。

「いいんだ。学校だけが勉強の場じゃないとわかった。久斎寺の修行は人生の勉強だったよ。そういうのは学校じゃできない。ためになった」

寺を出て家に戻ると、すぐに小谷がやってきた。

「社長がね、つまり君のお祖父さんがずいぶん気が弱くなってね。孝志くん、ぜひ顔を見せに行ってくれないか」

「そうでしたか。わかりました」

冴子も同行することになった。

翌日、大富士建設に着くと、受付まで昭恵が出てきて迎えてくれた。盛雄はまた応接間で待っていた。

「お祖父さま、ご無沙汰しておりました」

「おお来てくれたか、ありがとう。いろいろあって気の毒だったね。心配していたが、顔を見て安心したよ」

「ありがとうございます。ご心配をおかけしました」

孝志の元気そうな様子を見て、盛雄も昭恵も微笑んだ。

「実は、会社の将来のことをお願いしようと思って来てもらったんだよ。跡継ぎの話はしないようにしてきたが、私たちもすっかり年を取った。二人の息子も亡くなってしまい、いよいよ後のことが気がかりで仕方がないんだ。孝志くん、跡継ぎのこと、考えてもらえないだろうか。この通り頼むよ。孝緒に対する償いでもあるんだ」

「でも、僕は高校を中退したばかりで、これからの進路を考えている未成年にすぎません」

冴子は静観していた。孝志に判断を任せるつもりのようだ。

すると、珍しく小谷が割って入った。

「だったら、とりあえず大富士建設に来てみろよ。どんな仕事をしているか、自分の目で見て勉強したらどうだい？」

「ずいぶん急な話ですね」

「会社のことを知った上で判断すればいいじゃないか。僕も協力するよ」

つかの間、孝志は考えていたが、やがてうなずいた。

「わかりました。何でも教えてください。学校にいるだけでは、現場の実際を知ることはできません。僕は建築のことを学びたい。将来はそっちに進みたいんです」

「よく言った。それなら大富士建設は理想的な会社だよ」

盛雄も昭恵も嬉しそうにこれを聞いていた。

「よかった！　なんと頼もしい言葉だ。やはり孝緒の子だな。小谷くん、さっそく適当な指導者を決めてほしい」

「かしこまりました」

このとき、盛雄は改まった表情で小谷をそばに呼んだ。

「わが社に来てもらって以来、君は私たちにとって最も重要な人物になった。孝志くんは君を父のように呼ぶしな。とても他人には思えないんだよ。そこでお願いしたい。俺の後を継いで社長になってくれないか。君の力で孝志を希望通りに導いてやってほしいんだ。そうすれば、俺も気が楽になる」

社長の意外な言葉に、さすがの小谷も目を剝いた。

「ちょっと待ってください。私なんかに社長は無理ですよ」

「君しかおらんのだ。とりあえず今月から常務になってもらう。もちろん私や役員たちが補佐する。この話は内々で進んでいたんだよ。役員たちも納得しとるし、次の株主総会には推薦するつもりだ」

「しかし、私は何も存じませんでした」

「君なら大丈夫だよ。――そういえば、小谷くんはまだ独身だったね」

「ええ、そうですが、もう四十歳をすぎましたし……」

「まだ若いじゃないか。若いといえば、冴子さんもお若い。どうかねお二方、君たちは互いのことをどう思っているのかな?」

今度驚いたのは冴子だ。

「私は孝緒さんの妻のつもりなんです。今までも、この先も一生そのつもりです」

「でも冴子さん」と話し出したのは昭恵だった。

「そのお気持ちはありがたいけれど、孝緒が亡くなって一八年が経つわ。それに孝緒は大富士とあなた、そしてわが子のこと全部が心配なはずよ。そういう子なの。だからお二人が一緒になって会社と孝志の面倒を見てくだされば安心するわ。二人で守った大富士を孝志に継がせてちょうだいな。私からもお願いするわ」

昭恵と盛雄が深々と頭を下げると、冴子は小谷と顔を見合わせた。孝志がこの話に賛成なのは聞くまでもない。

「孝緒さんの墓参りをして決めますわ」

6

盛雄を見舞った翌日、冴子は永遠寺に行き、孝緒の墓に手を合わせた。

〈孝緒さん、あなたのご両親から孝志と会社のために結婚するよう頼まれました。たとえ小谷さんと一緒になっても、孝志はあなたの子です。身延の思い出も一生私の心から消えません。孝志と大富士の将来のため、勘弁してください〉

墓前で自分の気持ちを伝えると、やっと決心がついた。盛雄と昭恵にそれを告げると、二人とも飛び上がらんばかりに喜んだ。

「小谷くんは冴子さん次第だと言ってたからな、これで決まりだわい。二人で協力して大富士と孝志を頼むぞ」

「ですが、私にはもったいない話ですわ」

冴子がそう言うと、孝志は「僕はね、地上に出ても夫婦なんだろうと思ってたんだよ」と笑った。

「洞窟に二人がいたのは偶然よ。一緒に落ちてしまったから、助け合って生活しただけですもの」

上機嫌の盛雄が「いいじゃないか」と手を振り回した。「洞窟にいたときは夫婦同然に暮らしていたんだから」

そこに社長から呼ばれた小谷が入ってきた。

「社長、それは違いますよ。夫婦のようには暮らしておりませんでした」

「そうです。私たちはそんな関係ではありません」

二人から洞窟生活の話をさんざ聞かされ、盛雄は「よくわかったよ。これから本当の夫婦になってくれ」と苦笑した。

「そうだよ。母さんも父さんも幸せになってほしい」

孝志の言葉で、二人はうなずいた。

それから話はとんとん拍子に進められ、株主総会の前に結婚式をすることになった。媒酌人は大富士建設社長・藤山夫妻が務める。

式の当日、冴子はウェディングドレス姿の自分を鏡で何度も見た。やはり、女である以上、一度はこれを着てみたかった。今までの苦労や不幸が一瞬で吹き飛んでしまった気持ちだ。しかも、夫になる小谷ほどこの世で尊敬できる男性はいない。

「世の中にこんな幸せがあるなんて……」

冴子は目を瞠って鏡に映る自分を見ていた。

もっと驚いたのが小谷だ。

「すごく綺麗だ、冴子さん。まるで乙姫さまだね。こんなに美しい人がお嫁さんに来てくれるなんて、僕は本当に幸せ者だ」

新郎新婦の希望もあって結婚式は簡素なものだったが、それだけに温かい雰囲気の式となった。披露宴は行わず、ささやかな祝賀の宴が大富士建設の保有する多目的ホールで行われた。集まったのは精一と百合、利矢とその妻の藍子たちだ。

天涯孤独の小谷に身内はなかったが、孝志は本当の子どものようなものだし、籍を入ればみんなが身内となる。

「小谷くん、冴子さん、ご結婚おめでとう！」

盛雄の音頭で乾杯となり、昭恵は嬉しそうに手を叩いた。

「冴子さん、綺麗よ。小谷さんも今日は一段と若々しいわ」

「遺跡を探しに地下まで行って、こんなに美しい妻まで見つけました。失わないよう、大事にします。今日はみなさん、ありがとうございます」

「おお、そのとおりだぞ」と盛雄が上機嫌で叫んだ。「遺跡より美しい宝物だ。末永く、大事にしてあげなさい」

「わかっています。これで僕は初めて家族をもつことになりました。もう寂しい思いをしなくてもよくなったんです」

するとも冴子も頬を赤らめながら「皆さん、ありがとうございます」と言い、夫のほうを見た。

「洞窟にこんなすてきな王子さまがいたなんて、気が付きませんでした。今、こうして、やっとそれに気付きました。私はなんて幸せな女でしょう。怖いくらいです」

二人とも洞窟に落ち、そこから奇跡的に生還した人間だ。とくに冴子は絶え間ない不幸や苦労に耐え、どん底から這い上がった人だった。それだけに、目の前の幸福がまぶしく、もし失ったらと考えただけで怖くなったのである。

冴子の両親も「これで肩の荷が降りた」と喜び、嬉し涙を何度も拭った。精一と百合が心の底から笑ったのは一越亭の倒産以来、実に二三年ぶりのことだ。昔から苦労を背負わせた冴子だけには幸せになってほしいと、祈るような気持ちだったのである。

もちろん、冴子のたった一人の弟・利矢も、二人を心から祝福した。姉と東照宮に詣でた日を思い出し、姉の幸福を喜んだ。

「僕のたった一人の、世界一の姉さんだ。どうか幸せになってください。おめでとうございます」

式が終わるころ、盛雄は孝志を呼んだ。

「孝志くん、これは君のご両親と相談したことだが、藤山家五代目の主として藤山の姓を名乗ってほしい。お母さんは小谷くんといっしょになったから小谷冴子になるがな」

「僕は小谷にはならないんですね？」

「そうだ。藤山家の跡取りとしてね」

結婚式が終わると、冴子は小谷姓になり、孝志とともに大阪から東京に引っ越してきた。ただし、戸籍上、孝志は藤山家の養子となった。

盛雄も昭恵もこれ以上ないほどの上機嫌だ。二人の息子を亡くし、会社の将来に絶望していたはずが、一転してすべて望みがかなった。孝志も日を追うごとに大富士建設を継ぐ気がまえも出てきている。

昭恵も「ああ、よかった」と胸を撫で下ろした。過去にひどい仕打ちをした冴子との仲直りができたからだ。

それで安心したのか、昭恵はそれから二カ月後に心筋梗塞で倒れ、そのまま帰らぬ人となった。

葬儀で喪主を務めたのは孝志だ。今まで藤山の養子といっても、どこか他人行儀なところもあったが、これで藤山家の一員という実感を得た。

ただ、葬儀の参列者たちが挨拶をした孝志を見て、「あれは誰だ」と首を傾げたのも事実である。なかには「社長の隠し子じゃないのか」と勘ぐる者もいた。

しかし、孝志は挨拶のなかで、そのあたりを気遣っていた。

「私は藤山家長男・考緒の子どもで孝志と申します。亡くなった昭恵からは孫にあたります。長らく家を留守にしておりましたが、この度、藤山家に戻って参りました。祖父母とは、暫く会っておりませんでしたが、祖母は心の優しい人でした」

喪主・孝志の挨拶が続くなか、疑問に思っていた参列者たちが小声で話していた。

「長男に子どもがいたとは知らなかったぞ」

「先日、二男の跡継ぎが死んだとき、大手同業に買収されるなんて噂が飛んだぞ」

「こうなるとそれはないな。次期社長の話も出てたし、五代目がいるとなると盤石じゃないか。わからないものだなあ」

このあと、大富士建設の株価は一時急落した。買収の噂で仕手が付き、株が買い進められていた。だが、身内の経営者が現れ、これでは買収の話はないと売り注文が相次いだのである。株というものはわからないものだ。

それから大富士建設の業績は思いのほか順調に推移した。高層建築の工法を改善し、人手を省いたことで一気に効率化を進めていたのである。経営の安定はしばらく続くという予測が大方を占め、再び株価は上昇した。早めに売った者は損害が出たと頭を抱えた。

あるとき、次期社長と目される小谷は全社員の前でした訓示のなかでこう言った。

「建築資材の質を落とすわけにはいきません。これからの経営は、いかにして人件費を削減するかにかかっています」

それ以後、大富士建設の上層部は若い社員の意見を積極的に取り入れ、小回りの利きにくい大企業としては異例のスピードで大きな効率化を実現した。小谷の経営方針が徹底されたことで、社員全体の待遇もよくなった。小谷はすぐさま経営規模の拡大を図り、新規雇用の枠を広げにかかった。

「わしの補佐はもう必要ないな」

その年の冬、社長の盛雄は満足気にそうつぶやき、あまり口を出さなくなっていた。

「おお、いい天気だなあ」

昼休みになる直前、寒空に盛雄は散歩すると言い、社長室を出た。しかし、午後の業務時間になっても戻らない。心配した秘書が小谷に連絡し、小谷は孝志とともに本社の中庭に向かった。

「あっ、父さん、人が倒れてる！」

「しまった、社長だぞ。孝志、受付に行って救急車を呼ぶんだ」

昭恵と同じ心筋梗塞だった。盛雄はそのままで入院したが、意識が戻らないまま、翌日の正午に息を引き取った。このニュースは全国各紙で報道され、社葬を三日後に控えて葬祭場で通夜をした。さすがに通夜の訪問客は引きも切らず、壁や廊下に展示された盛雄の功績を示す写真や記事などに見入っていた。たくさんの菊の花が祭壇に飾られ、その中に〝小柳香奈枝、小柳小春〟と書かれた札がある。たまたまそれを見た冴子は目を瞠った。

「小春さん！　まさか来てらっしゃるのかしら」

冴子は会場のあちこちを見て回ると、小春と香奈枝らしい女性が喪主の孝志に弔問の挨拶をしていた。

小春と出会ったのはもう二〇年も前だ。小春も還暦を過ぎているはずだが、当時の面影が残っている。

「料亭の小春さん。そちらは香奈枝さんかしら」

「えっ、あのどちらさま……」

怪訝に振り向いた小春に向かい、冴子は「私ですよ。昔、お世話になった一越冴子です」と答えた。

とたんに小春は目を丸くし、「どうしてここにいるの」と驚いた。

「実はね……」

冴子は孝志にことわって二人を連れ出し、椅子に座って簡単にこれまでの経緯を話した。

「孝緒さんのことはよく覚えてるわ。でも、そのあと二人とも行方不明になったでしょう。私、心配してたのよ。まさか、孝緒さんの子を産んでいたとは知らなかったわ」

「喪主の孝志がそうなんです。孝緒さんの子どもですよ」

「そうだったの」

「大富士建設の跡取りが亡くなってしまったでしょう？　だから、孝志に藤山家の後を継いでほしいと言われてね、最後は断れなかったの」

話を聞きながら、小春は何度もうなずいた。

「私、ここの社長が亡くなったって聞いてね、これが最後だからって通夜に来たの。香奈枝と一緒にね」

「香奈枝です。よろしく」

「初めまして。以前、小春さんに大変お世話になりました。孝志の母です」

「以前、叔母から聞かされたことがありました」

小春と香奈枝は盛雄の遺体に手を合わせ、いつまでもいた。

実は盛雄と小春の間にできた子が香奈枝だ。小春はそれを隠し通してきたが、いつか知られるときが来るかもしれない。小春はそう思い、わざわざ香奈枝を連れて通夜に来て、最後の別れをさせたのだった。

「小春さん、とても懐かしかったわ」

冴子が別れ際にそう言うと、小春も「冴子さんとは縁がありますね。また『小春』に遊びに来てください。今は香奈枝が店を継いでます」

小春は改めて孝志を見つめた。

「やっぱりどこか懐かしいわ。世の中、広いようで狭いわね」

懐かしく感じるのも当然だ。香奈枝は孝緒と腹違いの兄妹であり、孝志の叔母にあたる。

盛雄の社葬が終わると、大富士建設は臨時株主総会を開いた。すでに盛雄と役員たちが内々に次期社長を小谷朝雄と決めており、主だった株主たちへの根回しもすんでいる。とくに反対意見もなく、小谷が予定通り社長に選ばれた。

冴子は社長夫人として、夫のすべてに気を遣った。身だしなみから健康に気を配り、食事もバランスよくととのえる。時には社長の供をして、取引先へも顔を出すようになった。名を知られるようになると、さまざまなテーマで講演を依頼されるようにもなった。もともと頭のいい冴子は何とかそれらをこなした。これからの時代、女性の活躍がなければ男性だっていい仕事はできない。冴子はそう思っていた。将来は孝志にも大富士建設を堅実に経営してもらいたいと考えていた。

やがて、その内助の功が話題となり、世間では「さすがに数々の苦労を乗り越えた女性は普通の人とは違う。その苦難の経験が実り、山内一豊の妻のようだ」と評判をとった。

これを見ていた孝志も真面目に勉強をしていた。高卒認定試験を通過して大学で建築設計を専攻し、卒業するとすぐに大富士建設に入った。二十五歳のとき、ある一流大学の教授から話があり、一人の女性と交際を始めた。

その教授は『小春』の常連客だったが、卒業した教え子の娘がいい結婚相手を探しているが、心当たりはないかと、顔の広い小春に相談したのである。

「いくつくらいのお嬢さん？」

「二十一歳になる。美人のうえ結婚願望が強いんだ。だけど才色兼備というのかね、とにかく頭脳明晰すぎて、そのへんの男じゃ気後れしちまって相手にならん。小春さん、上流家庭にも知り合いが多いだろう？　心当たりはないかな」

「そうねえ」

このとき小春は孝志のことを思い出し、「優秀な男といえば、あの大富士建設の跡取りがね……」と切り出した。後日、教授が何気なくそのことを教え子に言うと、横で聞いていた娘のほうが興味を持ったらしい。

「若いのにそんな苦労をした人なら、会ってみたいわ」

「ほうそうか。じゃ、先方に聞いてみようかね」

ちょうど小谷夫婦も孝志の将来を考えていたところだったので、この話はとんとん拍子で進んだ。娘の名前は花園陽菜といった。

初めて会ったとき、陽菜は「孝志さん、あの洞窟王子だったのね」とびっくりした。孝志に洞窟でやった遺跡調査の話をねだり、目を輝かせてその冒険談に聞き入った。三回目のデートのとき、二人は料亭の一室で今後の生き方や生活設計などを話し、早くも結婚を前提とした付き合いが始まっていた。

ある日、二人は交際のきっかけとなった小料理屋『小春』にも行って、小春とも話をした。

「あなたのお母さんは私の家に来てたのよ。十九のときだった。まだ子どもだったけどしっかりしてたね。お父さんの店が倒産して苦労したと聞いたわ」

「それで、お祖父さまの葬儀に来てくださったんですね」

小春は「それもあるけどね」と笑い、「実は孝志くんの藤山家と私の家は親戚といってもいい関係なのよ」

これを聞いた孝志は「へえ」と首をかしげ、香奈枝も身を乗り出した。

「初めて聞いたけど、どんな間柄？」

「昔、昔のよ」

「それで私、孝志さんと少し似ているの？　そういえばこの前、大富士建設の社長の葬儀にいったでしょ？　あのときもなんか変だなと思ったのよ」

「私も先が長くないし、話しておこうかな。実はね、あなたは大富士建設の社長の娘なの」

「ええっ、どういうこと？」

小春は若いころにあった盛雄との関係を話し、「このことを話したのは冴子さんが最後だったわ」と言った。

「驚いた。そうだったの」

孝志と陽菜も小春の告白を聞いて驚いた表情をしていた。

「藤山家は複雑だ。小春さんや香奈枝さんとは、思った以上に深い縁があったんだ」

「そうね。あなたのお父さんと兄妹とは思わなかったわ」

この翌年、孝志と陽菜は結婚した。豪華な結婚式と披露宴が都内のホテルで執り行われ、両家の親類縁者に加え、小春と香奈枝も招待された。ただし、そのほかに各界の著名人や有力者たちも多数招待されていた。つまり、孝志夫妻は藤山家の第五代当主として、政財界や社交界への顔見せをしたことになる。

ホテルに一泊した新郎新婦は翌日、新婚旅行先のハワイに旅立った。空港まで見送りに来た家族たちは轟音を響かせて頭上を飛び去る旅客機に向かって手を振った。

小谷は妻・冴子の肩を抱き、旅客機が見えなくなるまで空を見上げていた。

「よかったね。これで大富士建設は藤山家の直系の子が継ぐことになる。最初はどうなるかと思ったが、万事丸く納まってくれた」

孝志夫妻の結婚式は新聞や雑誌に大きく取りあげられた。二人とも俳優にしたくなるほどの美男美女だ。特に陽菜の美しさは大評判となり、二人は社交界へのデビューと同時に最も注目を集める夫婦となった。

やがて二人の間に可愛い女の子が生まれた。名前を藤恵と付けた。藤山家の恵まれた子という意味だ。

孝志は今でも洞窟のことを思い出す。でも、もうあそこに戻りたいとは思わない。家族もいないし、愛する妻も子どももいない。「洞窟から地上に出てよかった」と、心の底から思えるようになったのである。

「これこそ本当の人間の幸せだったんだ」

了

この作品はフィクションです。登場する人物、団体名、
地名、事件等は実在のものと一切関係ありません。

奈落

二〇一六年一二月一日　初版発行

著　者／稲生福根
発行者
編　集／弘文舎出版
〒四二四－〇〇四一
静岡市清水区高橋一－一五－七九
電話〇五四－三六五－四五一五
制　作／静岡新聞社
発売元
〒四二二－八〇三三
静岡市駿河区登呂三－一－一
電話〇五四－二八四－一六六六
印刷・製本／三松堂

定価はカバーに表示してあります
落丁・乱丁本はお取り替えいたします

ISBN978-4-7838-9944-0 C0093